魔豆

織女

VOL.

02

妖花絢爛

醉琉璃——著

織女 02

目錄

楔子

留著俐落短髮的少女有些不耐煩地看了下腕上的手錶，再抬頭望向矗立在自己身旁的公車站牌。

上頭確實標示著她要搭乘的那班公車是每十五分一班。可是她都已經等了快二十分鐘，卻依舊遲遲沒看見公車的影子。

「見鬼了，該不會之前一口氣來了好幾台，所以現在等不到半台吧？」少女惱怒地咕噥著，她對晚間的市公車一向沒什麼好感。

上回她就是來不及跑到站牌，只能眼睜睜看著三台公車同時離去。接下來在那號稱十分鐘一班車的路線上，足足等了三十分鐘才搭到車。

還有一次也很讓人生氣。難得公車很快就來了，而且還空盪盪的，沒想到司機卻將拇指朝後比，示意她搭下一班。幸好第二班在一、兩分鐘後也來了，同樣沒什麼乘客，只是司機也比出了相同的動作——請搭下一班。而第三輛車緊接在第二輛車之後，它也確實在站牌前停了下來，但是……車上滿滿的乘客，根本上不去啊！到底停下來是有什麼意義啦，王八蛋！

「可惡，越想越火！」少女重重踢了下人行道，再扭頭看向馬路另一邊，仍然不見任何公車駛來，倒是經過不少台計程車。

然而，對於還只是個高中生的少女來說，獨自搭計程車回家實在太浪費了。

瞥了眼漆黑的夜色，再放眼望向不斷朝前方延伸的路燈，少女將書包提至背後，放棄等待，決定直接走路回家。雖然會走上一段時間，但就當省錢和運動吧。

抱持著這樣的想法，少女的心情好多了。她大步邁出步子，任憑路燈將她的影子映得長長的。

少女平常是搭校車直接返家，不過今天爲了幫同學慶生，幾個女生跑到燒肉店大吃一頓，才會逗留到這麼晚。晚間十點多的大馬路上，雙向都還是有不少車子駛過，雖然路邊的店家大都已拉下門，但車聲、路燈多少仍給了少女一點安全感。

只是當少女彎進一條巷子後，瞬間彷如踏入另一個空間，大部分聲音都被隔絕在巷子外。越往裡走，巷子就越安靜。平常走慣的路一到夜晚，像完全變了一副面貌。

少女嚥了嚥口水，覺得周遭似乎太安靜了，彷彿只剩下她自己。

「胡、胡思亂想什麼嘛……」少女發出乾巴巴的笑聲，像是要證明自己一點也不害怕，她挺起背脊，腳下步伐加快，但才走了幾步，忽然又停下，從制服外套的口袋內掏出手機和耳機。

有些緊張地將耳機塞好，待雙耳聽到熟悉的音樂後，少女才鬆了口氣，略微感到安心。她重新踏出腳步，將大部分心思都放在音樂上，不時跟著旋律哼唱幾句。

直到她發現上方的路燈光芒突然不見了……

路燈壞了嗎？少女不以爲意地仰起頭，但映入眼內的卻不是無法發光的路燈——而是龐大的黑暗。

耳機內傳出的音樂忽然遠去，少女不由自主地張著嘴，黑色眸子瞪大到了極限，微縮的瞳孔則是清楚不過地反應出兩個字，驚懼。

那是什麼？少女臉色發白，下意識地退了一、兩步。她不知道是不是自己的腳步聲太響了，因爲那團倒吊在路燈下的黑暗同時有了動靜。

「他」朝兩邊伸展開一對大而薄的翅膀，附在骨骼間的黑色薄膜使那對翅膀看起來像蝙蝠的雙翅。

當那對翅膀一張開，原本被覆在下方的身軀也跟著顯露出來。乍看之下像人，但表面卻長滿黑毛；那張臉孔看起來像豬又像鼠，無比醜陋駭人。

少女腳軟了，顫抖著唇，雙腿陡然一彎，一屁股跌坐在地上，口袋裡的手機滑了出來，耳機也順勢被扯落。

可是少女似乎沒注意到，仍然高抬著脖子，驚恐地看著和她對上視線的——

妖怪！

這兩個字如同驚雷，重重地敲上少女的腦袋。她猛然扭曲了臉，張嘴就要放聲尖叫。

但那隻形似蝙蝠的妖怪卻好像早已窺破少女的意圖，在尖銳的女聲迸出前，他雙眼亮起不祥的紅光，龐大的黑色身子迅速撲襲過去。

少女只覺得似乎有風聲拂過，下一秒，眼裡就已映出張逼近自己、似豬似鼠的可怕臉孔。

一切都超過了少女所能承受的負荷，她雙眼頓時一閉。

她不知道妖怪用那覆滿黑毛還長有利爪的大手，將她的頭往旁邊一撥，露出她皎白的頸子；她不知道就在妖怪咧開嘴，兩根尖銳的利牙即將刺破她細滑肌膚的瞬間——

「線之式之一，封纏！」

一道年輕的中性嗓音劃破了夜間的寂靜。

妖怪還來不及反應過來，他的兩隻手臂和脖子倏然就被無數白線纏捲而上，強大的外力勒得他不由自主地向後退。

妖怪顯然沒想到會忽然殺出第三者，強忍著被束縛的不適感，順著那些白線來源扭過頭。

「尤里，佈下結界！」抓著白線另一端的是名美麗的黑髮少女，梳著優雅的長馬尾，烏黑的眼眸瞬也不瞬地盯住妖怪不放。

而在美麗少女喊出另一人的名字後，她的身後也跌跌撞撞地跑出一團圓滾滾的身影。

妖怪還以為自己看見了一顆球，不過當那顆「球」在黑髮少女身旁絆倒撲地、手中抓著的東西飛出後，這才讓人瞧清那是個小胖子，至於飛出的東西則是包餅乾。

有著肉肉臉頰的小胖子在看見被白線纏住的妖怪時，先是嚇得怪叫一聲，接著急急忙忙爬起，慌張地把飛出手的餅乾撿回後，再從懷裡掏出一捆白線。他扯下一段白線，用力朝空中拋去。

奇怪的事就這麼發生了。

白線自動圍成一個圓，緊接著飛快脹大，並在剎那間圍住了方圓近百公尺，周遭的景物瞬間產生一層疊影。

「結界補強！」小胖子又從懷中拿出一把小剪刀和一塊碎布，只見那胖短的手指展現不可思議的靈活，卡卡卡的幾聲，被剪成花邊的碎布跟著也被向上一拋。

鏤空的碎布倏然脹大，竟和圍在四周的白線相互交纏疊繞，瞬間形成了雙色結界。

蝠翼妖怪直覺感到危險，立刻張開雙翅，全身的肌肉登時緊繃賁起，啪嚓數聲，他竟硬生生地扯斷了身上的白線。

顧不得即將到手的美食，蝠翼妖怪放棄短髮的女學生，翅膀拍振，只想用最快的速度飛離此地。

「線之式之五，錐鞭！」但是黑髮少女哪會讓他得逞，纏在指間的白線迅速改變形體，末端冒出銳利的三角錐，同時白線不斷延長再延長，轉眼間就如白色靈蛇般迅雷不及掩耳地追擊上飛往夜空的蝙翼妖怪。

妖怪在下一刻感覺到右邊的翅膀上猛然傳出強烈的痛楚，竟是一條末端呈尖錐狀的白鞭扎穿了他的翅膀。他發出疼痛又憤怒的吼叫，飛行速度硬生生慢了下來。然而，他震驚地發現一旁連綿的紅色屋頂上，居然竄躍出了第三條人影！

夜色下，那頭炫亮的白髮像要扎疼眼一般。

「還想飛啊？老子看你還能飛到哪裡去！」白髮少年對妖怪咧出凶暴的笑容，腳下一蹬，手中長如利劍的白針即刻揮劈出去，毫不留情地斬在妖怪另一側翅膀上。

從來不曾嘗過的痛苦令妖怪失去了平衡，他重重摔在路面上，一邊翅膀裂開一大道缺口，僅剩部分還黏著身體，彷彿只要稍一施勁就會分成兩截；另一邊翅膀的情況雖然好一點，但鮮血直冒，白鞭還插在上頭。

蝙翼妖怪噗哧噗哧地喘著氣，趁兩邊人馬都還沒追上來，使勁地將插在翅膀上的白鞭一把抽出，任憑其上開了個血窟窿。

他吃力地用兩隻受創的翅膀包圍住自己。

「別想逃！」白髮少年從空中落下，他的膝蓋因減緩衝力而彎下，沒有抓握利器的手掌撐按在柏油路上，一雙眼睛銳利凶戾，其姿態竟有如要一躍撲起的野獸。

而妖怪覺得自己就是被盯上的獵物，破天荒地感到畏縮。在白髮少年喊出「快乖乖讓我宰了！老子要趕回去看『寵物當家』！」的同時，他那被雙翅包住的身影登時如同溶解的黑暗，嘩啦一聲，全數從地面飛濺而起，用最快的速度逃往巷子的另一端。

化成黑暗的妖怪不敢回頭，慌不擇路地四處竄逃，最後逃到寬闊的大馬路上。奇異的是，馬路上居然一輛車也沒有。放眼望去，也不見屬於行人的蹤跡。

但是，這時妖怪已無暇思考這份異常，他見到地下道出入口，毫不遲疑地飛竄而去。落至地面的剎那，那團黑暗就像再也沒有力氣，一大灘地灑在地面上，接著縮小、形體逐漸朝中央靠攏，再慢慢塑出似人的形狀。

有頭、有手、有腳，背上的翅膀消失。

過了一會兒之後，那些像是爛泥般的黑暗一片片剝落下來，一碰觸地面便消匿無蹤，最後留在原地的竟是個人類。

一名穿著制服的女孩子！

女孩狼狽不堪地趴躺在地，背後全是怵目的斑斑血跡。她臉色蒼白，掛在臉上的眼鏡更顯得眼神渙散。她的呼吸異常虛弱，彷彿過不久便會回天乏術。

死……她會死嗎？女孩費力地動了下手指，她連手臂幾乎都抬不起來。不曾嘗過的疼痛和打擊令她全身像遭到殘酷的肢解，再也拼湊不起來。

不，她的願望……她還沒有達成她的願望！女孩用盡力氣，卻只能微微前進。

憤怒、怨恨、不平，諸多情緒在女孩的胸口交織著，讓她想放聲尖叫。

那三個人到底是什麼人？爲什麼要妨礙她？爲什麼要破壞她的好事！

喀嗟。

突然的一響，令女孩猛地綳直了身子，那是腳步聲。她的心跳頓如擂鼓，全身忍不住發冷。

追、追來了嗎？是那三人追上來了嗎？

腳步聲在地下道內顯得格外響亮，聲音朝著女孩這邊一步步逼近。

而且，只有一個人。

即使知道這個事實，卻也不能令女孩感到放鬆。她想起最後見到的白髮少年，可怕、野蠻、凶暴，是他找到這裡來了嗎？

女孩無法抑制地顫抖著，她想抬起頭，卻連這丁點力氣似乎也用盡了。她的臉貼著骯髒的地下道，只嗅到自己身上的血腥味，日光燈的慘白光芒照在她的身上。

然後光芒被遮住一半了。

喀嗟喀嗟的腳步聲也停止了。

「追殺妳的人是神使，獲得神明之力的人類，神明在人世間找到的使者。」

女孩聽見一道陌生的年輕聲音響起，她知道對方就站在她的頭頂前方。

「他們不會眞的殺掉妳，但是他們會奪走妳的力量。」

「不……不！」女孩斷聲吐出她的憤怒，聽起來有如野獸的嗥叫。

這是她的力量，她不容許任何人奪走，神也不行！

「妳有很好的決心。」

年輕聲音的主人彎下腰，女孩可以感覺到光影的變化。

「我可以幫妳回復力量，幫妳逃避那些神使的追殺，只要妳收下這個。」

聲音的主人這次蹲了下來，一雙黑亮小巧的皮鞋和潔白的長襪出現在女孩的視野裡。然後，是四張白色的長紙，紙上用紅色顏料畫著古怪的圖案。

「收下它，貼到妳的學校。在那裡，神使將找不到妳。」

女孩盯著那詭異的白紙，同時手指艱困地抬起。這根本不須考慮，只有一個選擇。

女孩的指尖碰觸到了白紙，就在這瞬間，另一隻手掌飛快地覆蓋在她的手背上，掌心下黑影猝然竄湧，爭先恐後地爬繞上女孩的手臂。

女孩尖叫出聲。

淒厲的尖叫聲從地下道內竄了出來，瞬間吸住宮一刻的注意力。

染著一頭白髮的少年立刻停止搜尋，轉過頭，雙眼緊緊盯住馬路對面的地下道。

「一刻同學！」

「一刻大哥！」

聽見兩道呼喊的一刻回過頭，看見兩個同伴也追了上來，顯然亦是捕捉到那聲屬於少女的尖叫。

「在對面地下道。」一刻不囉嗦，朝黑髮少女扔下話，空著的左手迅速一抓，竟拎起小胖子的衣領，「尤里，你的動作太慢了。」

「什……等、等一下！一刻大哥！」尤里只知道自己被人拎起，還來不及反應，就驚恐地發現自己居然飛了起來。

不對，是白髮少年拎提著他，飛也似地向對面竄躍過去。

雖然才短短數秒，尤里卻覺得自己像是坐了一趟雲霄飛車。被放下後，立刻腿軟地坐在人行道上。下一秒，他的身旁已站著另一抹纖細修長的人影。

「墨河！」尤里馬上朝那雙包在內搭牛仔褲下的長腿抱去，一臉的餘悸猶存，「嗚嗚，剛剛真是嚇死我了……」

「好了，尤里，一刻同學只是手段粗魯了些。如果我們再拖下去，讓他回家後看不到『寵物當家』，我猜他就會想宰我們了。」夏墨河笑容可掬地說，一點也不在意自己的腳正被人抱著不放。

事實上，雖然梳著優雅長馬尾，穿著粉色針織罩衫搭寬版腰帶，腳上還套著一雙流蘇短靴，外表就是一名美少女——但是夏墨河，是一名貨眞價實的男性。

一聽見夏墨河的話，再加上一刻正好瞥了過來，尤里立即挺直腰桿站好。

「報告一刻大哥，隨時聽候你的吩咐！」他還不忘擺出一個敬禮的手勢。

一刻古怪地皺了下眉頭，「我只是想說你拉鍊沒拉。」

尤里漲紅了圓臉，慌慌張張地把拉鍊拉好，隨後緊張地跟在一刻和夏墨河身後，往地下道內部走去。

先前那聲淒厲尖叫傳出後，就再也沒了聲音，四周只剩下一刻等人的腳步聲。

一刻緊緊地擰起眉，心中泛起難以言喻的感覺。他飛快地和兩名同伴交換眼神，腳下步伐猛地跨大。

夏墨河和尤里緊緊追上。

一過轉角，眼前竟無預警地衝出了一大片黑暗。

那些黑暗發出尖細的吱吱叫聲，拍打著小翅膀，眨眼穿過三名反射性遮臉、閉眼的人類。

「我操！」一刻最快反應過來，他馬上掉頭追上那些數量龐大的黑色蝙蝠。白針斬出白痕，朝前方的黑暗聚集體襲去，但卻只有幾隻來不及閃避的蝙蝠墜落下來，其他的仍不停地往地下道出口飛去。

一刻惱怒地嘖了一聲，他的攻擊方式在面對這種數量多的個體時，反倒難以發揮威力。

「一刻同學讓開！」後方的夏墨河倏然竄出，白線纏繞在他的雙手十指間，「線之式之八，蛛網！」

當一刻低下頭的同時，他的上方竄射出無數白色絲線，追著蝙蝠而去，甚至超越牠們，在地下道出口結成一張大網。

但出乎意料的事卻發生了。

以爲會被線網攔下的蝙蝠在即將撞上的前一刻，牠們的身體卻分裂了，由大變小，由小變爲更小，輕而易舉地穿越那些比牠們大的網格，呼啦啦地朝夜空四散。

等到他們從地下道追出來後，已經找不到任何蝙蝠的蹤跡。他們所追殺的妖怪——瘴，就這麼消失逃逸了。

一刻重重地咂了下舌頭，手中白針縮小，最後化爲光束，鑽回他的左手手指內。在他無名指上，有一圈橘色的古怪花紋。

那是神使的證明——神紋。

尤里彎著腰，雙手壓在膝蓋上，大口大口地喘著氣。他的體力比不上夏墨河，更不用說像怪物般的宮一刻了。

「現在……現在該怎麼辦？」尤里喘了好一會兒，抬頭問著自己的兩名同伴，「要……把結界解除了嗎？」

「嗯……」夏墨河沉吟一聲，他向四周又張望了一會兒，秀麗的眉宇越蹙越緊，最後輕嘆口氣，確定已感覺不到瘴的存在，「解開吧，尤里，對方眞的逃了。」

在尤里閉眼解開結界時，夏墨河指間的白線也化作光束，像條小蛇似地游進他左手腕上的青金色花紋裡。和一刻的神紋相較，他的神紋面積明顯大上許多，宛如一圈護腕，纏附在手腕上。

緊接著，一刻和夏墨河身上的神紋皆消失不見——只要懂得掌控力量，神紋除了會在使用力量的期間浮現，其餘時候皆能依自己的意志顯現與否。

「墨河你們眞厲害，都已經能直接把武器收進身體裡了……」尤里有絲羨慕地看著兩名同伴。雖說他是三人中最早成爲神使的人，但力量上的運用卻還是不如他們。

「別擔心，尤里，你一定也能很快上手的。」夏墨河微笑安慰。

尤里一解開圍在附近區域的結界，原先不見車輛的馬路，瞬間又重新響起呼嘯而過的車聲。

一刻他們就像從另一個空間回到原來的世界。

事實上，結界的功用就是防止追殺瘴時所產生的任何破壞反應在現實上，而尤里補強結界後，更能使不相關的人不會被牽扯進來。

「一刻同學、尤里，我們到地下道裡再檢查看看有什麼對方留下的線索吧。」夏墨河將目光投向一刻，眼裡帶了些確認似的詢問，「還是說，你要先回去？我想你要看的節目應該還沒結束。」

「算了，這次沒看到也不是真的會死。」一刻揮揮手，他只是想看節目裡那些可愛的小動物，但相較之下，尋找獐的線索終究比較重要。大不了他回家後抱著昨天抓到的粉紅羊駝娃娃睡覺，用來治癒心靈好了。

即使外表和氣質都給人不良的危險感覺，但染著白髮、掛著許多耳環的宮一刻，卻對可愛的東西無法自拔。

「啊，對了對了，一刻大哥、墨河，你們要吃餅乾嗎？」既然有了空檔，尤里想起自己身上帶著的點心，他熱情地想和兩名同伴一起分享。

「餅乾？」一刻的視線瞥了過去。

「是一個朋友做給我的，眞的很好吃喔！」尤里得意地挺起胸膛。

「不，我晚餐後幾乎不吃東西的，謝謝你了，尤里。」夏墨河微笑著婉拒。

「我也免了，你自己吃吧。」一刻揮下手，「餅乾那麼少，你自己吃也吃不夠吧。」

「咦？不會啦，我還有別的！」尤里興高采烈地從懷裡又掏出好幾包一看就知道是手工製的餅乾，「也都是我那位朋友做的喔！」

一刻看傻了眼，不知道是要佩服尤里可以在身上藏這麼多食物，還是要佩服他那位朋友居然爲他準備那麼多食物。

正當他們三人要再次走下地下道之際，一刻身上的手機忽地響起。

一刻抓出粉紅外殼的手機，發現螢幕上顯示的是自從他父母雙亡後，便擔起養育他的責任的堂姊——只是在和對方正式同住後，一刻才發現扛下責任的人其實是自己。學名上是他堂姊的宮莉奈，根本毫無家事能力，廚藝技能同樣是零分。

怪不得當初伯父、伯母知道他要搬去和莉奈姊住後，開心得只差沒放鞭炮慶祝。

「喂？莉奈姊。」一刻接起電話，用眼神示意另外兩人繼續往下走，「怎麼了？我不是有跟妳說過我會晚點回去？」

「我還記得啦，小一刻。」手機裡傳出宮莉奈的笑聲，「我是要問你，你喜歡草莓還是水蜜桃口味？」

「啊？」

「就是啊，朋友送我小蛋糕，你想吃哪一個，我會留下來不碰的。」

草莓還是水蜜桃？這對一刻來說還眞是困難的選擇。就在他腦內鬥爭了半晌，終於下定決心要選草莓口味時，手機裡忽然傳出宮莉奈緊張的聲音。

「小一刻，我好像看到……噫！不、不要過來，不要過來啊！」

就算沒有按下擴音鍵，宮莉奈的尖叫依舊一清二楚地自手機傳來，迴盪在一刻的腦海。一刻的臉色大變，「莉奈姊？莉奈姊！」

手機裡只剩切斷通訊的嘟嘟聲，無法得知另一端究竟出了什麼事。

「操！」一刻再也無法待在這，他立刻收起手機，「我姊好像出了什麼事，我要回去。」

「莉奈姊出事？那你趕緊回去，剩下的交給我和尤里就好。」夏墨河不清楚手機裡的談話內容，但從一刻的態度和表情來看，也能知道他此刻必定心急如焚。

聞言，白髮少年向他倆點下頭，隨即頭也不回地衝出地下道。

「不知道莉奈姊發生什麼事，希望沒事才好。」尤里擔憂地目送一刻離去。

「晚點我們再打電話和一刻同學確認吧，還要問他織女大人是不是回到他那兒了。尤里，我們再到前面一點的地方看。」

雖說四周結界已解除，不過夜間的地下道本就人煙稀少，尤里和夏墨河一路往前走都沒遇上其他人，也沒聽見自己以外的腳步聲。

當他們拐出轉角，夏墨河倏地瞇起眼，快步地向前走去，接著彎下腰，伸手撿起落在地面上的兩個物體。

一個是鏡片碎裂的眼鏡，還有一個則是——

夏墨河注視著抓在手指間的金色圓形物體，那是一枚只有拇指指甲大小的徽章，兩側有盛開的薔薇圖案環繞，中間則是數字和花紋的組合。

「咦？」同樣看見這枚徽章的尤里吃驚地睜大眼，「這……這不是我們學校的徽章嗎？」

「尤里，你說真的？」這下換夏墨河吃了一驚。

「你看這裡，這是薔薇，然後中間這個長得有點奇怪的花紋其實是『思』這個字。」尤里接過徽章，指著上面的圖案解釋，「思薇女子高級中學，每個學生都有一枚班徽，我也有一個，絕對不會認錯。」

夏墨河卻是沉默，一點也沒有獲得有力情報後的欣喜。

好半晌，他鄭重地開口了，「對不起，尤里，我一直不知道你是女的。」

「啊？」尤里呆了呆，旋即大笑起來，「噗哈哈哈哈！我怎麼可能會是女的？要說也是墨河你吧？真是的，墨河你幹嘛開這種玩笑？你不是早就知道思薇有男生班了嗎？」

「我是知道，所以我也只是隨口說說而已。」夏墨河微微一笑，「不過一刻同學如果剛剛在場的話，我想他真的會相信。」

尤里想像了一下那幅畫面，樂不可支地笑起，一會兒過後才總算平息笑聲。

「墨河，要不要我拿去學校問？」尤里說，胖乎乎的手指比著徽章上的數字和花紋，「男生和女生的不一樣，這是女生班的班徽，上面這些據說是代表各個班級和年級，只有女生們才分辨得出來。要是知道這是哪班女生掉的，範圍應該會縮小許多。」

「問是一定要問，但是我們得換個方式問。尤里，這先放我這，這一、兩天我就告訴你要用什麼辦法。」

尤里點點頭，他向來信任由夏墨河擬定計畫。

將徽章收進口袋，又和尤里再次檢查整個地下道，確認再無其他可疑事物後，夏墨河才和尤里道別。

和對方踏上相反的返家方向，夏墨河又取出那枚金色的徽章。

「思薇女中嗎？」他將徽章收起，手指順勢將垂落耳前的髮絲往後撥去，眼中閃動著若有所思的光芒。

下一刻，外形宛若美少女的秀麗少年拿出手機，撥出某通電話──

「喂？阿姨嗎？我是墨河。不好意思，這麼晚還打擾妳……有件急事，無論如何都想請妳幫個忙……」

第一針

宮一刻的雙眼倏地睜開。

瞪著上頭布滿可愛圖紋的天花板半晌，他轉過臉，從窗外照進的刺眼陽光讓他皺眉並瞇了眼，最後將臉埋進枕頭內。

一刻知道自己又作夢了，胸腔裡的心臟跳得比平常猛烈，夢中畫面清晰得眞實。

不，那原本就是眞實。

一刻猛然翻身坐了起來，擺在牆邊的穿衣鏡正好映出他的身影。亂糟糟的白髮、掛在雙耳上的多個耳環，還有那剛睡醒而顯得更加可怕的表情。

鏡中的白髮少年充分詮釋出一般人對「凶神惡煞」的定義。

一刻伸手耙了下頭髮，將本來就顯凌亂的髮絲弄得更亂。鏡裡的自己看起來沒什麼改變，可是他明白確實有什麼不同了。

他張開左手，無名指上環有一圈橘色花紋。乍看下像是刺青，但其實那是「神紋」——獲得神明之力後擁有的證明。

大約一週前的某個夜晚，一刻出門倒垃圾時，爲了救一名小女孩而發生車禍，卻沒想到那名小女孩不但不是普通人，還是神話故事中赫赫有名的織女！

織女將自己的部分神力分給一刻，將他從鬼門關前拉回，接著更是打著「報恩」的旗幟，對他死纏爛打，非得要他成爲部下三號，一同打擊隱匿在這人世間、隨時會受到人類欲望吸引的妖怪——瘴。

原先一刻並不相信這些事，什麼妖怪、神明啊，怎麼可能會存在於現實世界中？可是接下來發生的一切卻又讓他不得不信。

一刻親眼目睹瘴吞噬人類的過程，甚至還成為瘴追殺的對象，只因為被瘴寄生的那名人類一直對他抱有敵意，是個想和他分出勝負的不良少年。

瘴會將宿主心中最強烈的欲望擴張至最大，他曾一度消失逃逸，但很快又再次出現在一刻的學校中，並且和存於校園裡的亡靈融合，讓事件越演越烈。

雖然最後憑藉著織女的神力讓所有事情順利落幕，然而使出神力的織女卻也陷入昏迷，暫時消失，至今尚未出現。

沒了織女在旁跟前跟後，一刻大可以將一切再當成虛幻，但是他做不到。在經歷過那些匪夷所思卻又真實的事情之後，他再也不可能假裝什麼也沒發生過了。因此，他繼續和織女的部下一號、二號維持聯繫，一發現哪裡有瘴出沒，就趕緊到那兒處理。

昨晚，他就是和身為部下一號的尤里以及部下二號夏墨河一塊執行追殺瘴的任務，只可惜最後竟讓瘴趁隙逃了。

「可惡，煩死了……」一刻煩躁地抓扯著頭髮，也說不上是為了至今不知情況如何的織女，抑或是為了那隻逃走的瘴而感到煩躁。

他重重地躺回床上，鬧鐘顯示現在時間還早，即使再賴床個十分鐘也沒關係。

不過一刻躺回床上當然不是爲了賴床，只是在床邊諸多可愛布偶的環繞下，他覺得才能好好地放鬆思考。

一刻考慮著等等要不要打電話給夏墨河，不過他隨即刪除這想法，決定親自走一趟找人，詢問昨晚有沒有找到線索。

夏墨河和一刻一樣，都是利英高中的學生。

原本在昨晚追捕的那隻瘴逃走後，一刻等人打算在附近尋找是否有可疑之處，卻沒想到和一刻同住的宮莉奈正巧打電話來，還忽然發出像見到可怕東西般的尖叫。

那聲尖叫嚇得一刻丟下一切，當下急匆匆趕回家，深怕自家堂姊眞遭遇到什麼。

一想起這件事，一刻就起了拿頭撞床板的衝動。

見鬼了，誰會想到那聲嚇死人的尖叫，居然是因爲她看到了蟑螂！

該死的蟑螂，他明明叮嚀過自家堂姊吃完的東西不要亂扔，家裡地板可不是垃圾場。

「小一刻？」

才剛想到自家堂姊，一刻房門外同時也傳來對方的呼喊，還伴隨著幾聲叩叩叩的敲門聲。

「小一刻，你醒了嗎？我要進去了喔？」宮莉奈在門外喊道。雖然她這樣說，房門還是過了好一會兒後才被推開。

根據宮莉奈的說法，這是爲了讓自己的小堂弟有「準備」的時間。

「我醒了！」一刻把臉埋在枕頭裡，悶悶地發出大叫。

聽見開門的聲音，他將臉轉向朝外那邊，看著穿著整齊的宮莉奈自門外探進臉。

「小一刻，樓下有早餐喔。」只要好好打扮就是名美女的宮家大姊笑咪咪地說道：「太晚下來的話，東西會涼掉呢。」

「知道啦，我等等就下去……」一刻懶洋洋地答著，在宮莉奈縮回腦袋後又將眼睛閉上。

一秒、兩秒、三秒，白髮少年猛然睜眼，身體更是同時彈跳了起來。

早餐！等一下，家裡爲什麼會有早餐？他不是還沒起床準備嗎？該、該不會是莉奈姊對廚房出手了？還是她穿著大花睡衣，披頭散髮地出門買早餐？

不管答案是哪個，都讓一刻覺得驚悚。再也沒有思考的餘力，他火速衝到廁所刷牙洗臉，再衝回房間換上制服。

抓起書包，一刻急急忙忙地跑出自己粉紅色的房間。

「莉奈姊，早餐是怎麼回事？求求妳別告訴我是妳自己下廚！」在二樓樓梯間，一刻已忍不住氣急敗壞地大喊著，他一點也不想一大早就迎接一個像爆炸後或是颱風過境的廚房。

而當一刻衝到廚房門口，映入他眼中的卻不是想像中的滿目瘡痍，鼻間也沒聞到疑似燒焦的味道。

事實上，廚房就和他昨晚收拾過的光景一樣，窗淨几明。唯一的差異或許是那張應該空盪盪的餐桌上，多出了許多豐盛的食物。

一刻手中的書包掉落在腳邊，他卻像是沒有發覺到。他的表情震驚又帶點茫然，雙眸大睜，似乎對眼前的景象感到難以置信。

他當然不是因爲那些擺在桌上還冒著熱氣的早餐感到難以置信，而是——

在被明亮陽光包圍的餐桌旁，除了坐著宮莉奈之外，還坐著一抹嬌小玲瓏的身影。細細的眉毛，烏黑的大眼，還有那存在於眉眼處的天生傲氣。

穿著一身滾邊小洋裝的小女孩先是喝了一口手上捧著的飲料，嚥下去後，才張開嘴唇——

「Bonjour（法語：早安），部下三號。」

「靠！妳還會說法語？」一刻驚愕地指著坐在餐桌前的小女孩，一個禮拜前使用神力後就消失不見的織女。

一刻對法語沒有研究，他是堅持說中文也能在世界上存活的那種人。可是電視節目看多了，法語的「我愛你」、「早安」早已像是一種基本常識。

一刻知道神仙會現代化、科技化，從他們玩臉書、用黑莓機就能明白。

可是，國際化!?

「噗噗，白毛你的表情很蠢耶。」一個輕巧的重量無預警地落在一刻的頭頂上。

藉著一旁冰箱門的反射，一刻可以看見自己頭上正盤腿坐著一抹只有巴掌大的迷你人影，臉蛋白皙，上頭鑲著一雙古靈精怪的眼睛。

留著數條長辮子，背後長有翅膀、體型小巧的少女，毫不客氣地露出了嘲笑。

一刻就像是沒聽見喜鵲的奚落，他猛地伸手朝頭頂抓去，一把抓住那抹巴掌大的身影。

喜鵲頓時又氣又怒，「白毛你幹什麼？你這個無禮粗暴的人類，還不放開我！」

「妳……織女……」無視於自己手中氣急敗壞掙扎著的喜鵲，一刻的視線怔怔地望著織女，什麼國際化、科技化都不重要了，現在最重要的是……「爲什麼妳會在我家吃早餐？而且未免也太他媽的一副理所當然的模樣了吧！」

「小一刻，不可以對織女那麼凶。」織女還沒開口解釋，反倒是宮莉奈先說話了，語氣中帶有不贊同的意味。

一刻呆了呆，沒想到會從自己堂姊口中聽見織女的名字。他的手指因爲分心而放鬆力道，喜鵲趁這機會咬了他一口，拍拍翅膀飛回織女肩上，還不忘對他扮個大大的鬼臉。

從宮莉奈完全沒有看向喜鵲的反應，一刻便知道她看不見喜鵲。可是、可是，究竟爲什麼，爲什麼莉奈姊會知道織女？

「莉奈姊……」一刻艱困地嚥嚥口水，「妳……知道她？知道織女？」

「小一刻，你還好吧？」宮莉奈站了起來，擔心地靠近一刻，還伸手摸摸他的額頭，「很正常，沒發燒啊……小一刻，你該不會是起床時有撞到哪裡吧？織女不就是你堂妹嗎？」

一刻呆愣地看著宮莉奈的臉，足足好幾秒後，才眞正意識到宮莉奈說了什麼。

堂妹？堂妹！

「她是我堂妹!?」一刻近乎驚悚地指著織女大叫，後者依然一派優雅地喝著她的飲料。

「對啊，你堂妹，我妹妹。」宮莉奈臉上的憂心越來越強烈。

一刻看得出來，倘若他再提出一句質疑的話，宮莉奈可能就要緊張地帶他去看醫生，以確認他是不是撞到了腦袋。

想到這裡，一刻立刻將刀子似的目光刺向織女，最有可能的始作俑者就是她了。

不對，肯定是她！

「莉奈姊，妳等我一下。」拉開宮莉奈的手，一刻一個箭步靠近織女，在對方的手探到桌上麵包前，動作快狠準地將人撈起，挾在臂彎下，迅速跑出廚房。

「等一下，一刻！妾身的奶油小餐包……妾身正要吃它的啊！」織女拚命揮動著雙臂，無奈廚房離她越來越遠。

「給老子說清楚，這見鬼的究竟是怎麼回事！」

確定客廳裡的說話聲不會被宮莉奈聽見，一刻放下織女，眼角惡狠狠地往上吊，大有一副

「妳不說清楚就別想走」的凶狠氣勢。

「眞是的，一刻，幾天不見，你對待妾身的方式就是這樣嗎？」織女沒有正面回答一刻，她撫了撫起了縐褶的裙面，接著用指尖輕按眼角，稚氣的面容上浮現一絲傷心，「妾身眞是難過，難過到必須現在就回去吃掉妾身的奶油小餐包。對了，記得再幫妾身泡一杯可可亞，要加小棉花糖。」

「白毛，給我一杯現榨柳橙汁，渣要記得濾乾淨。」喜鵲趴在織女頭頂，雙手托著下巴。

「渣妳的蛋，搞清楚這是我家。」一刻陰惻惻地從唇間擠出字，「誰敢再講這些廢話，當心我把妳們倆都扔出去。現在立刻馬上把這一切都給我解釋清楚，包括妳爲什麼會變成我堂妹，還有妳這幾天到底是消失到哪兒去了？」

「哎？難不成一刻是在擔心妾身嗎？」織女眨巴著眸子，小手交握在胸前。她原本以爲自己會得到一頓怒罵，或眞的被拎起來丟到一邊。

但面前的白髮少年卻像被觸中了某種開關，只猝然扭過頭，眼神尖利像要噴火。

「該死的，最好老子不會擔心！」一刻像是被炸毛的野貓，咬牙切齒地低吼，「妳沒消沒息地不見那麼多天，天知道妳昏迷後會發生什麼事？妳是不曉得要捎點訊息給我們嗎？妳是眞的要讓人擔心嗎？妳這混帳小鬼！」

用力忍下想捏上織女臉頰的衝動，一刻將自己重重地扔進沙發裡坐著。他吐出一口氣，五指耙梳了一下自己的白髮，別開臉，不肯面對織女。

半晌後，他才又平板地擠出話：「尤里和夏墨河都在擔心妳，蘇染他們也是。」

「喂喂，白毛，你不覺得你管太多了嗎？」喜鵲氣鼓鼓地飛到空中，「織女大人只是去休養身體，憑什麼要向你們這些人類報備？」

「夠了，喜鵲。」織女開口，她朝喜鵲投去警告的一眼，要她別再說下去。

喜鵲不平地鼓起臉頰，雙手抱胸，故意對著一刻的方向大大地哼了一聲。

「那個啊，一刻……」織女垂下眼睫，盯著自己的繡花鞋，「其實妾身不是故意不聯絡，妾身只是太累……不知不覺就睡了那麼多天……一刻？」

感到自己的頭頂忽然傳來些許重量，織女打住話，仰起小臉，瞧見白髮少年就站在她眼前，大手放在她的頭上。

「這些話記得去和尤里他們說。」一刻說道，眼神依舊銳利，卻沒了先前的火氣。

織女馬上明白一刻已經不生她的氣了，立即點頭表示承諾，好上司是說到做到的。

「回廚房吃早餐吧，我再弄杯牛奶給妳。」一刻揉了揉織女的頭髮，像是想爲剛才的怒吼做些彌補。

織女頓時露齒一笑，「給妾身一杯可可亞吧，要加小棉花糖才行，溫度則要七十度，妾身不喜歡太燙也不喜歡溫溫的。」

「……」一刻沉默，揉著她頭髮的動作停下，最後用一個字表示了他的心聲，「幹。」

一回到廚房裡，宮莉奈馬上迎了上來，擔心的眼神在一刻和織女間來回巡視，一副有話想說卻又不知該如何說的模樣。

直到這時，一刻才反應過來，自己剛剛居然忘記問了，為什麼織女莫名其妙變成他堂妹！

「白痴，當然是織女大人做的呀！在那個人類的記憶上蓋上另一個印象就可以了。」一刻的髮根傳來被拉扯的刺痛，喜鵲揪著他的白髮，一臉鄙夷，「這麼簡單的事都要想嗎？果然是笨蛋白毛，腦袋只裝白毛！」

一刻的額角迸起青筋，他又不是M，最好聽見這些話還會很開心。他拎起霸佔在頭頂上的小人影，看也不看就往廚房外扔。

「小一刻，有什麼東西嗎？」宮莉奈困惑地跟著看向門外，但什麼也沒瞧見。隨即，她忽然白了臉，使勁抓住一刻的手臂，「難、難道又有小強了嗎？」

「沒有，沒有蟑螂，沒有小強。」一刻翻了翻白眼，安撫著看起來隨時想跳上椅子的年長女性，「莉奈姊，妳要是學著把那些吃完的東西扔到它們應該待的地方，就不會有蟑螂了。」

「唔，可是我覺得它們就是想待在地板……啊哈哈，我什麼都沒說。」宮莉奈無辜地擺出一個笑臉，趁堂弟的臉色變黑之前，一溜煙地回到餐桌前坐好。

一刻也拉了張椅子坐下，看著面前豐盛的中西式早餐，他皺緊了眉頭，「所以這又是怎麼回事？莉奈姊妳買回來的？」

「不是小一刻請朋友買的嗎？」宮莉奈狐疑地望了過來，手裡還抓著咬了一口的饅頭。

「朋友？蘇染？蘇冉？」一刻反射性只能想到這兩位青梅竹馬，但剛說出口他就先在心裡否決掉這個答案。如果是他們，不可能放下早餐就走，而且他也不記得自己昨晚曾請他們幫忙買早餐。

「不是蘇染他們啦，就小一刻你前幾天帶回家的那位……叫什麼？」宮莉奈認眞思索著。

一刻知道她在說誰了，「……江言一。」

「江言一!?」這次發出驚呼的是織女，她睜圓著眼，本來要咬下麵包的動作忽然也不知道該不該繼續下去了，「那個金毛？妾身居然吃下一刻敵人送的食物！」

「誰跟他是敵人？別在莉奈姊面前亂說話。」一刻拍了一下織女的腦袋，壓低聲音說。他可以理解織女的反應，因爲那位江言一就是當初追著一刻跑、還被瘴寄生的少年。

只不過織女不知道的是，自從得知一刻不是不將他放在眼裡，而是認人方面根本有障礙後，江言一瞬間放棄再將一刻視爲敵手，還順便爲自己之前的愚蠢執著懊悔了一把。

除此之外，在一刻領著和瘴脫離的他來到住處暫住一晚時，他竟對宮莉奈一見鍾情了。

老實說，一刻到現在還是懷疑江言一會不會是被瘴寄生時撞到腦袋，才會看上明明已經三十歲，卻非要堅持自己才二十九歲十一個月又三十一天的自家堂姊。

「總之，那傢伙迷上莉奈姊了。」一刻小小聲地對著織女說。

「喔喔！」織女又睜圓眼睛，只是這次是欣喜，「也就是說，這些都是用來進貢的貢品嗎？那妾身就不客氣地吃啦！對了、對了，一刻，下次請他帶巧克力甜甜圈來吧，妾身想吃那個。」

「妳想太多了。」一刻不客氣地敲了敲織女的頭，這小鬼還眞的想得寸進尺啊。

雖然一刻還是想不透江言一怎會被宮莉奈迷去心神，但只要合標準，他一點也不介意將莉奈姊推銷出去。而且……

一刻望了眼桌上豐盛的早餐，在心中暗暗點頭。嗯，很好，有加分。

迅速將自己挑中的早餐解決完畢，一刻抽了張衛生紙擦擦嘴，拎起書包，準備出門上學。

「莉奈姊，我先出門了。」

「路上小心唷，小一刻，晚回家的話記得打電話跟我說一聲。」

「欸欸，一刻。」織女喊住了那抹要走出廚房的身影，她眨眨眼，露出純潔無辜的微笑，「妾身中午可以替你送便當唷，替哥哥送便當是妹妹的責任嘛。如果你要妾身幫你在飯上畫愛心也是可以的，不用客氣，來吧，儘管向妾身要求吧！」

在宮莉奈看不見的角度，白髮少年默默地向那位披著蘿莉皮的神仙比了一記中指。

第二針

到校後，一刻預計趁早自習還沒開始，先到夏墨河的班級找人。除了問問昨晚的事，順便也通知對方織女回來了。

只不過一刻剛踏進教室、放下書包，簡直像算準了時間般，校園裡的廣播突然響起。

「一年六班宮一刻，一年八班蘇冉，請唸到名字的兩位同學立刻前往校長室報到。再重複一次，一年六班宮一刻，一年八班蘇冉，請立刻到校長室報到。」

幾乎在一刻名字出現的瞬間，原本吵吵嚷嚷的六班教室頓時變得一片寂靜，無數雙眼睛不由自主地全瞥向了廣播中的主角。但在對上一刻的視線後，就像被扎到似地迅速移走。

很快地，教室裡又回復先前的吵嚷。可是只要仔細觀察，就會發現不少學生暗地裡仍偷偷覷向後排位子上的白髮少年。

一刻對那些自以爲不著痕跡的視線視若無睹，他瞪著天花板角落的音箱，完全想不出自己是做了什麼事必須被叫到校長室去。

而且，連蘇冉也有份？

忽地，一刻的後腦傳來一個搧擊力道，不是很大，但對走神的一刻來說已稱得上疼痛。

「幹！哪個王八蛋？」一刻猛著一轉頭，凶狠瞪去。

假若是膽子小的人被他這麼一瞪，想必會嚇得臉色發白。不過站在一刻身後的並不是什麼膽小鬼，那是一名綁著兩條細長辮子，即使戴著一副粗框眼鏡也掩飾不住清麗的少女，那雙淺藍的眼珠更是教人注目。

少女的手中拿著點名簿，恐怕就是攻擊一刻的凶器。

「蘇染？」一瞧見自己的青梅竹馬兼班長，一刻的眼神頓時褪去了猙獰。他按著腦袋，整個人轉過來面對對方。

「廣播要你去校長室，你做了什麼嗎？」蘇染平靜地問，藍眼睛直視著一刻，像想從他身上找出答案來。

「我才想知道我做了什麼。」一刻皺緊眉，心裡完全沒底。

「遲到？早退？不對，一刻你向來不做這種事，這會讓莉奈姊擔心。」蘇染從制服口袋裡掏出一本黑色小冊子，迅速翻了翻，「打架？也不對，這禮拜你最多和人打過五次，全都在校外。一次小巷，兩次抓娃娃店，另外兩次在不知名的空地。」

蘇染有條不紊地分析著，隨即闔上那本在一刻眼中已經和無所不知畫上等號的小冊子，線條姣好的眉毛微微挑起一個弧度。

「我猜，不是找你麻煩的。」

「就算是也無所謂……」一刻表情複雜地看著蘇染，「蘇染，妳到底是怎麼知道那些事的？」

「我跟蹤你的。」蘇染推了推眼鏡，嚴肅認真地說。

「屁。」一刻翻了下白眼，擺明不信，「妳那種獨特的幽默感用不著在這時候發揮。」

「我明明就很認眞，一刻。」蘇染聳聳肩，接著她瞥見教室外出現一抹熟悉的身影，「一刻，蘇冉來找你了，你們一塊過去吧，有什麼事回來再告訴我。」

「知道了。」一刻伸手拍了下蘇染的肩膀，越過她，走向在教室外等候的少年。

和蘇染爲雙胞胎的蘇冉，外貌和蘇染極爲相似，差異或許只在氣質上。

如果說蘇染是「知性」，那麼蘇冉給人的就是強烈的「安靜」，甚至在某些人眼中，這名俊美的少年相當難以親近，因爲他總是戴著耳機，一副對外界動靜毫無興趣的模樣。

可是一刻知道，蘇冉只是不想聽見太多聲音。道理就和蘇染戴著無度數的平光眼鏡，不想看得太清楚一樣。

——蘇氏姊弟其實擁有靈感，他們分別能「看見」及「聽見」對一般人而言並不存在的存在。

和一刻同樣，蘇冉對於自己爲何會被叫到校長室也毫無頭緒。

「眞煩，最好別浪費太多時間，老子還打算去找夏墨河。」一刻不耐煩地耙抓著頭髮，和蘇冉並肩往校長室走去。

校長室位於另一棟大樓內，一路上，還沒進入早自習的學校顯得格外熱鬧，隨處可見正在進行晨間掃除和剛到校、正準備進各自教室的學生。

不少女學生瞄見蘇冉時，都會忍不住多看好幾眼，但一發現他身旁竟跟著宮一刻，便立刻收回視線，深怕自己無意間招惹到那位宛如凶神惡煞的不良少年。

爲什麼品學兼優、文武雙全的蘇氏姊弟會和宮一刻成爲朋友？這一直是利英高中多數學生想不透的謎——鮮少有人知道，這三人是打從幼稚園就認識的青梅竹馬。

「找夏墨河？和瘴有關？」雖然戴著正播放音樂的耳機，但奇異的是，蘇冉就是有辦法聽見一刻在說話。

「啊。」一刻也不隱瞞，蘇氏姊弟都知道瘴及織女的事。「昨晚追的那隻瘴跑了，麻煩的是連宿主長什麼樣都不知道，不然就好找多了……大概。」

最後一句，一刻自己說得都有點猶豫。他對記人和認人都不太擅長，而他的這項小毛病正是造成不少人一再找他麻煩的部分原因，那些人總認爲一刻沒將他們放在眼裡。

「要幫忙，說一聲。」蘇冉沒多問，只用簡潔的句子表達心意，「找我或蘇染都可以。」

「得了吧，不管找誰，你們都是買一送一。」一刻挑了下眉，他還真的很少看見這對雙胞胎分開行動。

對此，蘇冉只是不作聲地默認。

當一刻他們走上三樓樓梯、一走出轉角後，便看見走廊盡頭的校長室。

校長室的大門沒有完全關緊，而是留下了一條縫虛掩著。

一刻皺了皺眉，大步走上前，伸手在門板上敲了兩下。

「報告。」喊出這兩字，白髮少年直接推開門，踏入這間學校最高管理者的辦公室。

校長室裡的空間相當寬敞，對外的一排窗戶讓室內顯得格外明亮。

一刻走進後，瞧見裡面擺設著一組像是用來招待人的沙發。而在足以容納數人的長形沙發椅上，正坐著一名長髮女學生，黑色的制服上衣襯得她皮膚白皙，側面看起來特別秀麗。

少女一聽見開門聲便轉過臉，對著一頭白髮、氣質不良的一刻綻開毫不畏懼的微笑。

乍見那抹微笑，一刻一呆，卻不是因為居然有女學生對他一點也不感到害怕，而是……

「夏墨河？為什麼你也在這裡？」一刻詫異地瞪著雖然外表不管怎麼看都是美少女，但實際上卻是男兒身的同伴。

「你好，一刻同學、蘇冉同學。」今日穿著女生制服到校的夏墨河像是早已預料到對方的反應，淺淺一笑，伸手比了比沙發上的其他空位，「請先坐下吧。」

「沒錯，你們就先坐下吧，記得把門關好。」另一道女聲響了起來。

直到這時，一刻才注意到校長室還有另外一人。

一名女性從辦公桌後站了起來，桌上放有一塊寫著「校長　邵伶」的名牌。她穿著一襲剪裁合宜的淡色套裝，頸項圍了條絲巾，頭髮盤起，全身上下散發著典雅的氣質。

一刻從外表看去，覺得對方大概只比宮莉奈年長幾歲，但眞正年齡卻很難判斷，畢竟頂著一張娃娃臉的宮莉奈可都已經三十歲了。

除此之外，一刻更注意到那女子的眼睛和微笑起來的模樣，和夏墨河像得驚人。

「一刻同學，她是我們學校的校長，朝會時曾上台說話，但我想你沒注意。」夏墨河笑盈盈地介紹。

一刻不否認，朝會時他都站著打瞌睡，從來不知道校長長怎樣。

「夏墨河，你和她是親戚？」從兩人的外貌來看，一刻不相信他們沒有血緣關係。

「墨河是我外甥。宮一刻、蘇冉，你們可以坐下，不用站著說話。」邵伶的態度平易近人。待所有人都坐下後，她拿起桌上的茶壺，替每個人都倒了杯茶水。

一刻不自在地接過茶杯，他不習慣面對這種有禮的對待，學校裡大部分師長都將他視作頭痛人物。

「我想你們一定很納悶，爲什麼會被找到這裡？不過在解釋之前……」邵伶的目光投向蘇冉，「蘇冉，你的耳機要不要先拿下來？」

「我聽得見。」蘇冉簡短地說，彷彿不知道他面對的是這間學校的校長。

邵伶也不生氣，她面帶微笑、十指在膝上交握成塔狀。

從一刻的角度看，邵伶和夏墨河是越看越像，就算說兩人是母子也不會有人懷疑。

「事實上，我們學校一直有個交換學生的活動。當然，是國內的。」邵伶說，「我們會和姊妹校交換學生，進行短期的試讀，時間從一個禮拜到一個月都有。」

「這和我們有什麼關係？」一刻面無表情地問，他摸不清邵伶的意圖。

「我打算派你們去當交換學生。」邵伶微微一笑，語氣溫和親切，「你、蘇冉和墨河。」

「不幹。」一刻毫不囉嗦，放下杯子直接站起。

「等一下，一刻同學！」夏墨河眼明手快地抓住一刻的手臂，「其實這是我提出來的。」

「你提出的？」一刻雙眼瞇了起來，狐疑地盯著夏墨河，卻不再有離開的意思。他再次一屁股坐回沙發，因爲他知道夏墨河不會無故提出這種事，最有可能的是——

瘴？趁邵伶沒注意到的時候，一刻皺著眉，無聲且迅速地做了一個口形。

夏墨河點點頭，表示他的猜測正確。

見狀，一刻立刻想到夏墨河定是找出了瘴的可能下落，否則不會莫名其妙弄出個交換學生的計畫。

可是，爲什麼連蘇冉也被找來？

「墨河說得沒錯，這是他向我……抱歉。」邵伶說到一半停下話，擺在她辦公桌上的電話正鈴聲大作。她朝三人微帶歉意地點點頭，起身離席。

一刻迅速抓住邵伶不在場的機會，壓低聲音飛快地說：「你他媽的解釋清楚，夏墨河，爲什麼連蘇冉也拖下水？」

「一刻，不要用我不在場的口氣說話。」蘇冉沉靜地提出抗議，「拖下水的說法，蘇染在的話也會不高興的。」

「啊，抱歉，你知道我不是那個意思。」一刻自知說錯了話，蘇染他們不喜歡自己怕牽連到他們，就將他們畫出線外的做法，「我只是……」

「你擔心我們。」蘇冉自然明白好友的心思，但他也希望對方明白一件事，「我們也會擔心你。」

言下之意，就是不論如何，蘇冉都會跟著參加到底。

「交換學生的最低人數是三個人。蘇冉同學也知道瘴的事，我想找他會方便些。」

夏墨河解釋起自己找上蘇冉的理由。

「我和尤里已經找出被瘴寄生的宿主就讀的學校，那所學校管制嚴格，就算放學後去察看，恐怕也會立刻被當作可疑分子。正巧對方和我們利英是姊妹校，有著交換學生的活動，所以我才覺得用這辦法進入更方便我們行事。如果只有尤里一個人，我擔心他力不從心。」

「尤里也要混進去？」一刻訝異地問。

「不，他本來就是那所學校的學生，屆時他可以當我們的嚮導。」夏墨河露出淺笑，態度從容，宛如一切的情況都已掌握在他手中。

「那學校很遠嗎？」既然知道是爲了追捕瘴才有這個計畫，一刻也不再反對，只是他不得不擔心起另一個問題。

如果學校遠到不方便當日來回，豈不表示他得放莉奈姊一個人在家？老天，她會被自己製造出來的垃圾淹死的！想到那可怕的畫面，白髮少年的臉色瞬間發青。

「放心，有校車和公車可以通勤，或者我請家裡的司機接送你們也可以。」雖然不知道一刻在擔心何事，夏墨河還是笑著安慰。

一刻沒漏聽「家裡的司機」這幾個字，他咂了下舌，現在才知道這位也擁有神紋的同伴是有錢人家的少爺。

「何時去？」蘇冉也提出了他的問題。

「今天。」回答這問題的人不是夏墨河，而是不知何時結束通話、走到沙發旁的邵佾。「我會派車送你們過去，課本之類的物品，對方會幫你們準備。制服則是穿我們利英的就行了，你們只要人過去就好。」

「今天過去？」一刻忽地站起，就像不敢相自己聽見了什麼。他曾猜過也許是明天或後天，可怎樣也沒想到居然是現在，「靠么啦！未免也太突然了吧？」

「如果不是墨河要求，我也不需要在昨晚就趕著安排好一切。坐下，宮一刻，還有不要在校長室罵髒話。」邵佾拍上一刻的腦袋，將他壓回去，「你應該要佩服我和思薇的效率才對。」

「思薇？」陌生的名字讓一刻反射性地問出口，他現在被震驚得無暇多做思考。

「我們要試讀一個禮拜的學校。」夏墨河將髮絲撩到耳後，含笑望著有點呆然的白髮少年，「思薇女中，全名是私立思薇女子高級中學，一刻同學。」

假使說一刻剛剛是有點呆住，那麼他此刻就是徹底目瞪口呆了。

女中？女子高級中學？尤里是那裡的學生……

下一秒，一刻震驚無比地白了一張臉，「操！不會吧？尤里那胖子是女的!?」

夏墨河睜大眼，接下來再也忍不住地大笑出聲。

那是邵伶在「那件事」發生後第一次見到外甥如此肆無忌憚地大笑。

思薇女中，全名是私立思薇女子高級中學。

但是這所專屬於少女就讀的學校，事實上有著三個男生班，每年級各一班。

而一刻等人要進入的，自然是一年級的班級。

由於是臨時的計畫，因此當他們到達思薇時，已是第二節課的上課時間。

校園裡安安靜靜的，聽不見高分貝的喧譁。四周是濃密高大的樹蔭環繞，綠意將這所充滿紅磚建築物的學校襯得安詳幽靜。

可是一刻卻不習慣這種氣氛。一踏進校園，他便感到難受地扯扯領子，之前被邵伶強迫繫好的領帶被扯得鬆了開來。

「一刻同學，你的領帶得繫好才行。」注意到這點的夏墨河出聲提醒，「思薇應該不會在意我們的外表，但是他們對服裝儀容相當嚴格。」

一刻瞥了眼走在自己左側的夏墨河，後者為了避免引起爭議，已經換回利英的男生制服，穿上男裝的他只教人覺得俊麗而不見女氣。

一刻得說，每次見到夏墨河，他幾乎都是穿著女裝，現在看他穿男裝反而有些不習慣。

「一刻，領帶。」蘇冉看見好友遲遲沒有動手，主動替他將鬆垮的領帶拉好。

負責接送的司機已經離去，此刻他們正待在前庭，研究著教師辦公室該往哪個方向走。還沒等他們研究出來，前方建築物就已急匆匆地跑出一個身影。那是一名矮個子的中年男人，頭微禿，穿著襯衫和西裝褲，從外表看來，似乎是思薇的教師。

而且，身上沒線。

「你們！」中年人跑到了一刻他們面前，這麼一小段距離卻讓他跑得氣喘吁吁。他從口袋裡抽出手帕，擦了擦前額的汗水，視線上下打量著穿著外校制服的三名少年。

在看向一頭白髮、雙耳還掛著多個耳環的一刻時，一刻正好也瞥了過去，天生銳利凶狠的眼神頓時嚇得這可憐的中年人臉色一白，額上汗水越冒越多。

「你、你們……」中年人不禁變得結結巴巴，下意識地拉開和一刻之間的距離。

一刻哪會沒發現這個舉動，他對此早已習以爲常。

「你好，請問你是這裡的老師嗎？」夏墨河笑容可掬地開口，迅速掌握了對話的主導權，「我們是從利英過來的學生，可以請你告訴我們，教師辦公室要怎麼走嗎？」

「你們不用到那邊，直接跟我到教室就行了……」面對外表秀麗、態度有禮的夏墨河，中年人明顯鬆了一大口氣，他忍不住又擦擦汗，「校長特別交代過了，你們要在這裡待一個禮拜，我是你們的班導，我姓王。」

說到一半，他又瞄了藍眼睛、戴著耳機的蘇冉和一頭白髮的一刻。他曾聽說利英的校風開放自由，對學生的儀容沒有硬性規定……但、但染白髮那個，怎麼看都像不良少年啊！

猶豫了一會兒，王老師最後還是決定不要針對蘇冉和一刻的外表作文章，畢竟扣除那幾點，他們身上的制服確實是整整齊齊的。

「咳，你們就先跟我來吧，我們班這節是我的課，剛好可以替你們向班上同學做介紹。」

王老師收起手帕，示意三人跟在他後面走。

領著一刻等人走進右側的紅磚建築物，這名男生班的班導師邊替他們介紹這所學校。

在思薇裡，男學生只佔全校的二十分之一，許多規定和風氣都和男女合校的利英不同。

任憑那些叨念左耳進右耳出，一刻打了一個大大的哈欠；走在他旁側的蘇冉擺明也沒在仔細聽，兀自沉浸在自己的音樂裡；走在前頭的夏墨河依舊一副笑容滿面的模樣，不時還會主動提問。

一刻看到這兒，不免要暗暗佩服起夏墨河了。認識至今，他似乎都維持親切充滿耐心的姿態，讓周遭的人輕易地對他抱持好感。

——和自己完全不同類型。

染著一頭炫亮白髮的少年感到無聊地再打了個呵欠，他們正一路走上樓梯。聽說他們的教室在四樓最邊側，因此一路走來都沒有經過其他教室。

一刻閉起嘴，漫不經心地向大樓外看去，漆黑的眼瞳猛地瞇起。

一刻覺得自己似乎從眼角捕捉到什麼飛行滑過的身影，有點像長翅膀的小人，可是當他再定睛一看，卻什麼也沒發現。

天空澄淨，綠蔭濃密。

是喜鵲嗎？一刻幾乎反射性地聯想到那抹總是跟在織女身旁的迷你身影，但他隨即就爲這個念頭感到好笑。

怎麼可能嘛！喜鵲那傢伙哪可能這麼剛好出現在這裡。

一刻不以爲意地收回視線，同時注意到他們即將要待上一個禮拜的教室已經到了。

他定了定心神，跟在蘇冉身後也走了進去。

教室的空間比起一刻他們學校的來得大，最後面設有一排置物櫃可供學生擺放物品。除此之外，還有空調、液晶電視加上置於角落的數台學生專用電腦，不管從哪個角度看，硬體設備都比一般高中好上許多。

就在王老師領著一刻等人走進教室的瞬間，原先只有窸窣談話聲的空間立刻變得安靜無比，所有視線全停在那三名穿著外校制服的陌生少年身上。

夏墨河和蘇冉依序走上講台，台下的學生們用沉默好奇的眼神望著他們。

可是，當一刻走上講台，那頭炫亮惹人注目的白髮，還有那一身狂狷凶戾的氣質，馬上讓教室裡的氣氛從安靜變成不安的死寂。無數雙眼睛明顯透露出不安與警戒，並且或多或少還加上了不能苟同的感覺。

他們似乎難以相信，在這所被譽爲貴族學校且校風嚴謹的高中裡，會轉來這樣一個擺明就是不良少年的學生？

死寂逐漸被蒸發掉，講台下開始傳出些許竊竊私語。

王老師忍不住又想拿手帕擦臉，他可以明白學生的心情，因爲當他第一眼見到宮一刻時，他心中也冒出了相同的疑問。可是校長和利英的校長都特別交代過了，他只是一名小職員，只能依言乖乖辦事。

相較於講台下的暗潮洶湧，講台上，夏墨河依然唇畔含笑，當他瞥視向某處時，笑意更是加深。

蘇冉垂著眼，自顧自地聽著音樂，連眼皮也沒有掀起。

至於一刻，壓根不在乎下面的氣氛是好是壞。他下意識地瞥視了下方一圈，想看看有沒有欲線的存在。大略掃過一輪後，有些訝異自己竟沒看見任何一條欲線。

但接下來，他的視線更加吃驚地停在某一點。

一刻睜大眼，那個坐在中間、躲在立起課本後面專心吃麵包的……

「咳咳，各位同學，向你們介紹一下，這三位是來自利英高中的交換學生。在接下來的一個禮拜，他們將成爲大家的同班同學。」王老師清清喉嚨，向自己的學生介紹起一刻他們。只是正當他打算要他們做自我介紹時，一道聲音比他快一步地蓋過所有一切。

「尤里？」一刻吃驚地喊，「我靠！你還眞的是這裡的學生？」

那聲驚喊一響起，全班同學的眼睛便齊齊轉向了擁有那名字的人影身上，就連王老師也是一臉呆若木雞。

聽見自己的名字突然被叫到，原先躲在課本後面偷吃東西的男孩茫然地抬起頭，那張胖胖的圓臉先是困惑地東張西望，對於班上同學爲何全看向自己感到納悶，接著慢半拍地反應到，那聲大叫好像是從講台上傳來的。

他轉過頭，雙眼終於納入了台上的人影們。他掉了手中的麵包，嘴巴大開。

下一秒，尤里驚喜交加地站了起來，「墨河？一刻大哥？你們怎麼會在這！」

「尤里，你認識這三位利英的交換學生？」王老師詫異極了，他忙不迭地問出口。

「對啊，老師，他們是我的朋友……咦？交換學生？」尤里後知後覺地反應過來，他頓時睜圓了眼睛，聲音不由自主地拉高，「墨河你們是交換學生!?」

面對同伴的疑問，夏墨河但笑不語。

尤里不是笨蛋，他很快便醒悟了過來，這就是夏墨河所說的「辦法」──直接進入這裡，親自尋找瘴的蹤跡。

不過這效率會不會也太好了？尤里了解後，只覺目瞪口呆，愣愣地看著講台上三名穿著利英制服的少年，他不認識居中那位，但知道可能是一刻他們的朋友。

「尤里你坐下吧，還有把麵包收起來，上課不准吃東西。」見自己再不阻止，場面很可能就要演變成談天大會，王老師趕緊板起臉，順便警告了自以為無人發覺的尤里。

待尤里尷尬地坐回位子上，王老師轉向三位來自利英的學生，「你們就按照順序，和班上同學做一下自我介紹吧。」

「我是夏墨河，是來自利英的學生，接下來的時間還請各位多多指教了。」夏墨河笑容可掬地說，態度從容大方，他的微笑很容易讓人有好感。

王老師鬆了口氣，覺得這是個好的開始。他看向戴著耳機的蘇冉，猶豫著自己該不該拿出老師的威嚴，喝令對方摘下耳機，卻沒想到蘇冉時間精準地抬起眼，異於旁人的藍眼沉靜地瞥了講台下一眼。

「蘇冉。」他簡潔地吐出兩字，便閉上嘴巴，表明沒有其餘的話想說。

同樣地，一刻也只有拋下「宮一刻」三個字，差別在於他的態度帶著狂傲。

王老師見狀不禁苦了臉，只報出自己的名字，恐怕連自我介紹都稱不上，更不用說兩人的態度實在都稱不上友善。

「呃，蘇冉、宮一刻，你們要不要再多說點什麼……」他暗示著，卻換來一刻一記挑眉。

「自我介紹不就是報名字嗎？哪時變得囉哩囉嗦的？」一刻不耐煩地說。他並不是特意針對王老師，然而那雙銳利凶戾的眼睛，卻讓對方不由得臉色一白。

「說、說得也是……」王老緊張地抓著手帕擦汗，深怕自己說錯話會立即換來那名白髮學生的拳頭。對方怎麼看都像是脾氣暴躁，會動手打人的類型。

想到這裡，王老師馬上決定自己不要多加干涉，只要遵照校長的指示，以求明哲保身。

「那……那你們三個人的位置就在最旁邊……」

一個聲音猛地打斷王老師的話，聽起來像是重物墜地。

而且，還是從隔壁班傳來的。

第三針

乍聞這道聲響，眾人也是一愣。

緊接著，巨大的騷動自隔壁班爆發開來。

女學生的尖叫、驚喊此起彼落，誰也無法忽視這令人不安的騷動。

王老師趕緊跑出教室外，想知道究竟發生了什麼事。

見狀，許多男學生也連忙衝到窗戶前、門口，一些好奇心特別重的，更是隨著王老師跑出了教室。

一刻等人也跑出教室，但他們並非因爲好奇，而是下意識想到了——瘴。

和瘴有關嗎？是瘴在作祟嗎？抱持著這樣的想法，一刻、蘇冉和夏墨河迅速跑至走廊上。

很明顯地，不只是他們班注意到那些尖叫驚呼聲，其他班級的教師也匆匆出來看個究竟。

不過倒是沒見到其他女生班的學生跑出來，也許她們被嚴厲喝止過，不准隨意離開教室。

本來安靜的走廊一時間充滿各種聲音。

一刻他們從窗外看進去，看見傳出尖叫的四班教室如今一團混亂。

一群女學生分別圍成兩圈，她們的身影擋住了中央，令人難以判斷人群裡發生了什麼事。

王老師和另一名教師跑進四班教室，協助四班的老師安撫學生情緒，要求大家冷靜下來，接著他們分開人群。

這下子，所有在外圍觀的學生都清楚瞧見有兩名女學生昏倒在地，臉色看起來異常蒼白。

沒一會兒工夫，王老師和另一名男教師便攙扶起兩位失去意識的少女，四班老師則又叫上了兩位女同學，緊張地跟在旁邊，一塊趕向保健室。

見事件主角被帶離教室，學生們的情緒又浮動了起來。不少女學生交頭接耳，不安地談論起這件事，幾位受到驚嚇的甚至忍不住低聲啜泣。

面對這樣的情況，五班的男學生也控制不住好奇，立刻向少女們打探起剛剛到底發生了什麼事，不時可以聽到「突然昏倒」、「嚇死人了」、「又是貧血嗎？」的話語。

夏墨河自然也採取了行動。他鎖定一名原本想追去保健室的長髮女孩。

「妳好，可以請問一下嗎？」

聽見男聲驟然在自己耳旁落下，綁著長辮子的女孩像是嚇了一大跳。她發出一聲短促的驚呼，身體跟著一震，隨後才轉過身來。

一瞧見站在面前對她微笑的夏墨河，她的心跳不由自主地快了好幾拍，覺得這名秀麗非凡的少年簡直優雅得就像是從畫中走出來的一樣。

「怎、怎麼了嗎？」女孩微微結巴了起來，「請問有什麼事嗎？呃，你是五班新轉來的學生嗎？」

女孩留意到夏墨河的制服是外校所有，而每個年級，也就只有一個男生班。

「我是從利英過來的交換學生。」夏墨河語氣溫和地說，淡淡的笑意使人不自覺地鬆懈心防。他又向前走了一、兩步，僅僅只是一小步的距離，不會顯得太過踰矩，卻足以讓女孩的心跳瞬間又加快了些。

「我剛剛在地上撿到這個，我猜這可能是妳掉的。」夏墨河張開握著的手，掌心裡平躺著一枚小巧的金色徽章，兩側纏繞著盛開的薔薇。

女孩幾乎是反射性地伸手檢查自己的口袋，她從裡面拿出了一枚班徽，外形就和夏墨河手上拿著的一模一樣。

「你弄錯了，同學，我的班徽沒掉呀。」女孩啞然失笑，特意讓對方看清楚。

「這樣嗎？難不成是方才那幾位女同學掉的？」夏墨河像是陷入了苦惱般蹙起眉，但馬上又對女孩露出充滿歉意的微笑，「抱歉，是我弄錯了。」

「沒……沒關係啦。」覺得美少年煩惱的模樣也令人怦然心動，女孩結結巴巴地說。眼見對方道完歉後就要舉步離開，她不想放棄結識的機會，連忙自告奮勇，「不然我幫你看看是哪班的班徽吧？說不定眞是我們班掉的。你剛來這兒，一定不知道每班的班徽都不一樣。」

「太好了，那就麻煩妳了。」夏墨河的唇角微綻欣喜。

長髮女孩強忍著緊張，湊上前研究起徽章的花紋，一下子便認出了這確實是她們四班的班徽。

「還眞的是我們班的……同學，我幫你拿回班上問問其他人吧？」女孩毫不吝惜地展現熱情和善意，「一定可以很快問到的！」

「夏墨河，你是要問啥東西？」一隻手突如其來地自後拍上夏墨河的肩膀。

對此聲音感到熟悉的夏墨河並不感到吃驚，可是那名綁著長辮的女孩就不一樣了。

當她看清伸手拍上夏墨河肩膀的是一名氣勢可怕的白髮少年後，她臉色瞬間浮現驚嚇，雙腳也不由自主畏縮地朝後退了幾步。

「你在把妹？」一刻的眉毛揚高，雙眼瞥向前一刻和夏墨河談話的女孩子，殊不知他無心的這一眼，當下讓女孩遍體生寒，以爲自己被不良少年盯上了。

「噫！」女孩臉色發白，心慌地再向後退去，卻剛巧撞上一股扶持的力量。

感覺自己的雙肩被人短暫地攙扶了一下，女孩吃驚地回過頭去，同時有一抹優雅纖長的身影自她身後越過。

一道淡然的女聲隨之落了下來，「回教室去。」

「沒錯，夢芳妳快回教室去吧，現在還沒到下課時間呢。」接在那道淡然卻自有股威儀的女聲之後，是另一道可愛的聲音。

一刻他們的注意力被從長髮女孩身後走出的兩名少女吸引了過去。

兩名少女一高一矮，高的那位就是開口要女孩回教室的人。她的身形筆直修長，容姿端麗如畫，黑瀑般的長髮滑順地披散在背後。即使僅僅是站著，全身上下亦透露出貴族般的良好氣質。只是那說話的嗓音和典雅的五官，卻是稍嫌太過冰冷了點。

和看似難以親近的同伴相反，矮個子少女則是紮著俏麗的短馬尾，有張甜甜的臉蛋，戴著一副方框眼鏡，鏡片後的眸子靈活俏皮，此刻正滴溜地覷著一刻他們瞧。

「是花千穗……」

「不管何時看都那麼美啊……」

「別妄想了，那位冰山美人哪可能注意到我們？」

「就只有尤里那渾蛋運氣好，偏偏和那位花千穗是……」

一刻聽見身後的男學生們發出了竊竊私語，其中還提及尤里的名字。

花千穗？是那個看起來冷冰冰的女人嗎？

「花千穗，四班班長。」蘇冉靠近一刻，不讓其他人聽見地靜靜說著，「後面，陳筱圓，副班長。」

一刻沒問蘇冉是怎麼知道的。他的青梅竹馬擁有靈感，除了能夠聽見一般人聽不見的聲音，對於私語也同樣敏銳。

一身貴族風範的花千穗沒有立即將注意力放至一刻他們身上，她瞥視了一圈猶在走廊上或聚集在教室門口的班上女學生。

「四班同學，回教室去。」她面無表情地說，聲音沒有特意放大，卻散發出教人難以抗拒的威嚴。

只不過短短的時間，走廊上除了花千穗和陳筱圓，已不見任何屬於四班的學生。

待班上同學都回位子上坐好後，花千穗冰冷地直視一刻等人，「你們想對我們班的人做什麼？不要以為自己是交換學生就能肆意妄為。」

「思薇的女孩子可不是你們能夠欺負的哪。」陳筱圓雙手扠腰，甜美的臉蛋上是義正詞嚴的表情。

「啊啊？妳們是眼睛有問題嗎？」一刻拉開夏墨河，自己走上前一步，從喉中發出的單音再明顯不過地表示出他的不悅。

「你……你想做什麼？思薇是禁止暴力的！」陳筱圓的小臉一白，反射性地畏退了一步，可隨即又逞強地站在原地。

「妳的想像力未免太豐富了。」一刻嗤笑一聲，目光滑過陳筱圓，正面對上花千穗，那態度彷彿在說自己不將陳筱圓的虛張聲勢放在眼裡。

不像一般人會懼怕一刻，花千穗冷靜得近乎冷漠，雙眼凜然，找不出一絲退怯之色。

「我不管你們要在這待多久，就算是利英的學生，謹言慎行也是你們在這裡該遵守的。」花千穗不近人情冷淡地說。

「妳這女人才莫名其妙，不要一直自說自話。」一刻瞇細了眼，「當我們是……」

「哇哇！等一下，一刻大哥！」尤里慌慌張張自後方衝了上來，用力抱住一刻的一隻手臂，圓胖的臉上滿是緊張，「一刻大哥，小千她沒什麼惡意，你千萬別誤會了！」

「小千？」一刻的視線轉向掛在自己身上的小胖子，覺得剛剛好像聽見了什麼。

「小千？」夏墨河訝異地看看尤里，又看看在場之中唯一有可能是這暱稱擁有者的花千穗。

長髮少女的冷漠表情終於出現了些許改變，「一刻……？尤里，他們就是你之前提過的那幾個人？」

「對對對！小千，他們就是我和妳提過的朋友。這位是一刻大哥，這位是墨河，然後那位是……喔，對了，蘇冉！」尤里繼續巴著一刻的手臂，興奮地向花千穗介紹身邊的三位少年。

這突如其來的發展，卻令一刻和夏墨河一頭霧水——蘇冉則是完全不在乎現況——看來尤里和花千穗是認識的，感情似乎稱得上不錯，而且，還曾向她提過他們？

一刻扯開尤里，想弄清楚這是怎麼回事，但後方其餘學生的細語，以及那宛若看八卦的期待目光只讓他覺得煩得不得了。

「你們他X的是在看三小！」一刻猛然回頭，凶戾的眼神就像要將人生吞活剝，瞬間嚇得一干還逗留在走廊上的五班學生全衝回了教室裡。

「千穗……」目睹這一幕的陳筱圓嚥嚥口水，不敢再站在一刻前方，她忍不住躲到花千穗身後，抓著朋友的袖角，緊張地低嚷著，「我們也回教室吧，那個白頭髮的……看起來真的很可怕呀。那種可怕的人，怎麼可能和尤里是朋友？」

「筱圓，妳這話就太過分了，一刻大哥才不可怕！」尤里不平地抗議，「只要認識他，就會知道他是個好人！」

一刻暗暗翻了個白眼。幹，能不能不要隨便發卡給他？

「哪個好人會這麼可怕？」陳筱圓吐吐舌頭，「尤里，你不要騙千穗……」

「尤里說是就是了。」花千穗截斷陳筱圓的話，她的姿態還是冷淡，但已沒了一開始拒人於千里之外的冰冷。她拉開陳筱圓的手指，主動向一刻他們點了下頭，「不好意思，方才顯然是我唐突了，對此我感到很抱歉。」

一刻對這種嚴謹有禮的態度一向感到難以應付，他不自在地抿抿嘴，在他身側的夏墨河則是主動地將話題接下去。

「不，沒關係，就當作誤會一場吧。」夏墨河微微一笑，秀麗的眉眼彎了彎，「妳剛說，尤里曾和妳提過我們？」

「嘿嘿，我是跟小千提過幾次啦……沒想到她還記得。」尤里傻笑地抓抓頭髮，「墨河，我向你們介紹，小千的本名是花千穗，她的名字很美吧？我們倆是隔壁鄰居，從很小的時候就認識了。然後這位是陳筱圓，她是小千的……」

「她不就是花千穗的跟屁蟲？」一道嘲弄般的輕笑響起。

這突來的聲音，使得一刻等人反射性地轉過頭去。

一名穿著制服的修長少女正向他們走來。少女和花千穗完全是相反的類型，艷麗的五官使她看起來比同齡的女孩還要成熟，眼角下的淚痣和一頭波浪捲長髮，無一不在彰顯她強烈的女性魅力。

鬈髮少女提著書包，看起來似乎現在才剛到校。

陳筱圓臉色微變，甜美的臉蛋繃緊，「葛蘿，妳少在那邊胡說八道！」

「我是胡說八道嗎？」被稱作「葛蘿」的少女勾起了唇角，帶著不懷好意的冷笑，「陳筱圓，妳一天到晚跟在花千穗的屁股後面，她說什麼妳都說好，在大家的眼裡妳就是一個不起眼的小跟班。妳爸不是在她家公司上班嗎？父親當人部下，女兒也當人部下。」

「住口！」陳筱圓氣得捏緊拳頭，「妳說誰是……」

「花千穗，妳不覺得後面跟著一條小尾巴很煩嗎？」葛蘿挑起修飾完美的細眉，無視陳筱圓，「啊，還是說妳這個大小姐少不得人侍候？」

「我不明白妳的意思。」面對葛蘿明顯不帶善意的言語，花千穗的情緒沒有絲毫波動，態度如同往常一般——冷淡、不苟言笑，「陳叔叔是個值得尊敬的人，筱圓是我的朋友。如果妳有時間在這浪費唇舌，那麼我建議妳可以先去關心一下妳的朋友。」

「妳這話是什麼意思？」葛蘿收起嘲諷的表情，眼神一凜。

「徐晚晴和顏家蓁似乎是貧血昏倒了，被送到保健室，老師也在那。」花千穗淡淡說道。

乍聞這消息，葛蘿的表情整個變了，一反先前嘲笑別人的輕鬆自在。她惡狠狠地瞪了花千穗一眼，像是在責怪她至今才說，接著她的目光瞥視了一旁的一刻等人。在看向一刻時皺了眉頭，對於夏墨河和蘇冉則是多看了幾眼。

「轉學生嗎？那位大小姐可是無趣得很，勸你們還是別被她那張臉給騙了。」拋下這話，葛蘿便頭也不回地快步跑開，明顯是要去保健室看她的朋友。

一等到那抹修長艷麗的身影消失在走廊轉角，陳筱圓登時惱怒地嚷，「那個討人厭的傢伙只會專找我們麻煩。誰不知道她自己也沒好到哪裡去，聽說生活一點也不檢……」

「筱圓。」花千穗打斷了她的抱怨，「沒必要跟著那些臆測起舞。」

「可是，千穗……」陳筱圓不平地咬住嘴唇，「她這樣說，妳都不會生氣嗎？」

「那不是需要在意的事。」花千穗的語氣平淡，暗示著她不想繼續討論這個話題。她轉頭看向尤里，「尤里，你等我一下，我拿個東西給你。」

「東西？啊，是那個吧！」尤里恍然大悟地擊了下掌，臉上露出開心的笑。

一刻和夏墨河卻是滿心疑問，不知道花千穗是要拿什麼給尤里。

還留在教室外的陳筱圓則是慢一拍地反應過來，她睜大眼睛，「什麼啊，尤里，難不成你又忘記帶……」

「尤里，這給你。」花千穗很快地從教室裡走出來，她遞給尤里的是一個用布巾包住的特大號便當盒。

尤里的眼睛都亮了起來。

「那啥？妳做給尤里的便當？」一刻只想到這個可能，不過這可能馬上就被陳筱圓推翻。

「什麼？當然不是啊！」外型甜美的少女斬釘截鐵地說，「千穗根本就不會下廚，那是尤里忘記帶的便當啦。他每次都忘記帶，還要千穗幫忙帶來……真是的，就算是鄰居，尤里你也不要一天到晚麻煩千穗嘛。」

「啊哈哈哈哈……」尤里抓著頭髮傻笑，沒做任何辯駁。他抱緊便當，深深地吸了一大口氣，臉上露出陶醉幸福的神情。

只要有得吃，尤里就覺得很幸福了。

「眞的很謝謝妳啊，小千，沒這個我一定活不下去。」聽見尤里這番稍嫌誇大的謝詞，花千穗卻是淡淡地笑了。雖然不是很明顯，卻是眞切的一抹笑容。

一刻沒有漏看這轉瞬即逝的一幕，除此之外，他還特別留意了花千穗的手指。他感到狐疑，假使花千穗不會下廚，那麼她手指上貼的隱形ＯＫ繃和指尖上像是被刀子切到後所留下的淡疤又是怎麼一回事？

一刻自己是常做菜的人——既然宮莉奈毫無天分的話，那也只有他去學了——所以他認得出刀傷和一般傷口的差異。

不過他還沒將疑問提出，一聲嚴厲的斥喝便已自走廊底端傳來。

「你們還待在走廊上做什麼？現在可是上課時間，通通給我回到教室裡！」

「慘了，是教官！」尤里嚇得都要跳起來了。

穿著卡其綠制服的女教官正板著臉，大步朝一刻等人走來。她的手邊還強硬地拉著一名滿臉不甘願的少女，居然是剛跑開不久的葛蘿，顯然她在半路就被教官攔下，趕回教室來。

「活該，誰教她還拿著書包……鐵定被當成要蹺課了。」陳筱圓幸災樂禍地吐吐舌頭。

「不要以爲老師不在，就可以趁機搗亂作怪！」女教官橫眉豎眼，看那架勢似乎是想把所有人都抓起來，狠狠地訓斥一頓。

「墨河、一刻大哥、蘇冉，我們快進教室吧。」尤里慌張催促，「賀教官超凶的！」

「尤里，不要以爲我沒聽見！」沒想到女教官認得尤里，立刻向他投來一記警告的眼神，「你上課可不要再偷吃東西。」

尤里乾笑地縮縮肩膀，怕被抓去教訓，趕緊抱著自己的寶貝便當溜進教室裡。

見狀，一刻等人也不打算在走廊上多做逗留，尤其是一刻，他一點也沒有興趣與教官打交道。

夏墨河是第一個走進教室的，然而一刻正要進去時，他猛然停下腳步，迅速地扭頭一望。

走廊上只剩下女教官和花千穗、陳筱圓、葛蘿。

女教官正在對花千穗交代些什麼，陳筱圓在旁仔細聆聽；葛蘿則不耐煩地別過了臉，盯著窗外。

誰也沒留意到一刻古怪的舉動。

一刻皺緊了眉，他不認爲是自己產生錯覺。他看向身後的蘇冉，一向沉默少言的少年竟摘下了一邊的耳機。

他說：「有聲音。」

不是錯覺，一刻和蘇冉的確聽見一個說話聲。低啞、刺耳，而且還滿懷敵意——

「滾出這裡，神使，不要多管閒事。」

一刻的眼神陡然變得尖銳。他們要找的瘴，果然在這裡！

自從在走廊上聽見那聲警告後，一刻一直鎮靜不下來。他想盡早找出瘴，但就算嫌疑者的範圍縮小到只剩四班的學生，他也不可能一個個去逼問那些女孩子誰才是瘴的宿主。

別說做這種事會被當成神經病，恐怕他只要一接近女孩，就會換來一聲懼怕的尖叫。

一刻很有自知之明，打探消息和試探口風這種事，向來就不適合他做，只能交給對人際關係相當有一套的夏墨河，就算交由蘇冉和尤里，也比交給自己來得好。

只是在經過兩節下課的打聽，得來的消息卻都是令人失望。除了正式的典禮或學校要進行全校性大規模服裝儀容檢查外，並沒有強迫每個學生都要佩戴班徽。

因此，一部分四班女生不是說忘記戴了，就是說不記得把班徽放到哪兒去了——沒有人可以判斷這些話的真實性。

面對這樣的結果，一刻等人也只好暫時先收手。畢竟就連其他班級也開始謠傳從利英來的交換學生似乎正在打聽什麼東西。

引來不必要的注意，並不是一刻他們願意見到的。

「實在是麻煩死了……」一刻將額頭撞在面前的桌上，整張臉就是不肯抬起，也不管附近是不是有其他學生對他的舉動竊竊私語。

現在是第四節下課，也就是中午休息時間。

一刻等人此刻正在思薇的學生餐廳裡，四周一片鬧哄哄的，大批學生正湧進了餐廳，準備解決午餐問題。

不像一般高中只提供團膳或便當，思薇女中設有一間學生餐廳。餐廳裡進駐了各種飲食攤位，可以看見每個攤位前都排著長長的隊伍。

不像尤里有便當，一刻、蘇冉和夏墨河只能到此尋覓午餐。

他們運氣很好，在靠窗的角落發現一張六人桌。原本還有其他找不到位置的學生想來併桌，但不管男女，在發現陰沉著一張臉、等人買午餐回來的一刻後，馬上就僵硬地繞開了。

「一刻大哥，你打起精神來啊。現在才中午而已，下午我們還有時間再想辦法的。」坐在一刻對面的尤里打開便當盒，誘人的食物香氣立即跑了出來。

聞到這股味道的一刻不禁感到飢餓，他抬起頭來，映入眼中的是極爲豐盛且裝飾美麗的菜餚。

「靠，看起來也太好吃了吧……」一刻嚥了嚥口水。他自己也會做菜，從他的眼光來看，擺在尤里面前的便當精美得就像高級飯店販售的一樣。

「不過這分量……未免也多過頭了吧？你下課時不是有吃點心？」一刻皺起眉頭。之前這便當用布巾包著，所以看不出這竟是個雙層便當，上下兩層全都滿滿地塞著飯菜。

一刻自認爲自己的食量也不算小，但尤里的便當分量就算讓他當兩餐都綽綽有餘。

「一刻大哥，你要不要先吃一點？」尤里看見一刻的雙眼正因飢餓而變得更加光芒銳利，他熱情地遞上筷子，「墨河和蘇冉都還在排隊，你就先吃我的吧，反正東西很多。」

一刻瞪著那雙筷子，說不心動是騙人的，況且去買午餐的蘇冉也不知何時才能回來。

「咳，既然如此……」

「既然如此，那妾身就不客氣了。」一隻嫩白的小手從旁伸出，再理所當然不過地接走筷子。在兩雙呆愣眼睛的瞪視下，繼續理所當然地挾起做成章魚形狀的小香腸。

一刻和尤里看傻了眼，以至於小香腸被挾起的時候，他們反應不過來，只能傻愣愣地順著那雙筷子移過視線。

在一刻左邊的坐位上，一名穿著滾邊小洋裝的可愛小女孩端坐在那兒，像是沒看見身旁的兩道視線，自顧自地張開嘴巴，咀嚼了幾口，再咕嚕一聲吞嚥下去。

「這個眞好吃，妾身最喜歡這種微甜微鹹的口味了。」小女孩捧住臉頰，烏黑的大眼睛幸福地瞇成彎月狀，然後她將筷子塞給在旁邊看得呆愣的白髮少年，「一刻你也嚐嚐，部下一號的女朋友手藝很不錯哪。一刻？哈囉，部下三號？」

發現到一刻呆呆地看著自己，沒做出半點反應，她好奇地伸手在他的眼前揮了揮。

「一刻你怎麼了？啊，難不成你希望妾身親自餵你吃嗎？眞沒辦法，妾身也是會體貼部下的。來，張開嘴巴，啊——」

「啊妳娘啦！」一刻猛然回神，拍桌站起，臉色鐵青得像是有人欠他幾百萬，「爲什麼妳會在這裡？織——」

「一刻大哥！冷、冷靜點啊！」在一刻喊出小女孩的名字前，尤里慌慌張張地跳了起來，以和他體型不相襯的靈活度，眼明手快地拉下一刻，伸手摀住他的嘴巴。

這番騷動當然引起附近眾人的注意力，不少學生轉過視線，望著穿著外校制服的一刻。

一發現眾多視線落在自己身上，一刻當下尋回了理智。他拉開尤里的手，一雙銳利凶戾的眼先是環視一圈，把那些視線嚇得迅速移走後，才望向從排隊隊伍中轉過頭來的夏墨河和蘇冉。他輕輕搖搖頭，表示什麼事也沒有。

待那兩人移開注意力，一刻重重地坐回椅子上。從周遭學生們的反應，他可以知道他們並沒有看見在自己身邊突然出現一名可疑的小蘿莉。

「誰可疑了？一刻，把你那些失禮的想法收起來，妾身可是堂堂正正出現的！」彷彿看穿一刻所想，織女在椅子上站起，雙手扠腰，杏眸圓睜，眼神明明白白地傳遞出「鄙夷」兩個字。

「妳就算飛著出現我都不想管。」一刻哼了一聲，「坐下，然後給老子說清楚，爲什麼妳該死的會出現在這裡？」

一刻還是壓抑不住怒氣，最後幾個字說得咬牙切齒的。

「對呀，織女大人，妳怎麼會到我們學校？」像是忽然想起什麼，尤里微紅了臉，「啊，還有，小千不是我女朋友啦。」

「哎？不是嗎？」織女沒有回答第一個問題，反倒把興趣都擺在尤里的最後一句話上。她坐了下來，鼻尖困惑地皺了皺，「可是便當是她做的，你每節下課吃的餅乾、麵包也是她做的。除了早餐和晚餐是部下一號你的娘親準備的，其他通通都是那位姑娘爲你做的吧？妾身有說錯嗎？」

「織女大人妳眞厲害，什麼都知道耶！」尤里崇拜地睜大眼。

「等一下，現在是誇她的時候嗎？」一刻黑了臉，不懂爲什麼只有自己覺得哪裡有問題，而且問題還不是普通地大，「喂喂，不是應該問這小鬼爲什麼都知道嗎？」

「噗噗，當然是我告訴織女大人的，笨蛋白毛！」織女的頭髮裡鑽出一條巴掌大的小巧身影，喜鵲得意洋洋地昂高下巴，「觀察這種小事怎麼可能難得倒我，我可還有做記錄，知道那位人類姑娘上禮拜替尤里做了什麼菜。」

一刻聽得目瞪口呆。這是什麼樣恐怖的偷窺狗仔隊啊！隱私呢？別人的隱私權呢？

「放心好了，一刻，妾身只是想多關心一下自己可愛的部下們，畢竟你們可是還要替妾身做牛做馬，賺取高額的獎金。所以，妾身絕對不會叫喜鵲去偷看你們洗澡上廁所的。」織女露齒一笑。

「看那種東西，我眼睛會先爛掉。」喜鵲嫌惡地吐了下舌頭。

一刻連吐槽都懶了。

「所以說，部下一號，那位花姑娘眞的不是你的女朋友嗎？」織女無預警地又將話題拉回到尤里身上。

「咦？咦咦咦？眞的不是啊！」尤里緊張地揮了揮手，「小千那麼漂亮，怎麼可能會喜歡上我。」

「可是她替你這胖子做飯做菜呀！她不是你媽也不是你老婆，當然就是你女朋友了。」喜鵲細聲細氣地說。

「那個、那個，那只是小千好意……」尤里一張圓臉漲紅，卻不知該怎麼解釋，他求救般地望向一刻，「一刻大哥……」

一刻沒有回應他的求救，他在思索織女和喜鵲的話。他現在才知道，尤里下課吃的那些點心原來都是花千穗親自做的……想必昨天他們追捕瘴時，尤里拿出的那些餅乾也是。

是什麼情況可以讓女孩子願意做這些事？

因為是青梅竹馬？一刻可不相信，他和蘇氏姊弟也是青梅竹馬，如果他們希望自己幫忙他們做便當，自己自然不會拒絕。可是，要是連每天的點心都要求，他會直接找蘇冉揍一頓——蘇染是女孩子，打不得。

雖然不知道花千穗為何要對旁人隱瞞廚藝的事，但做到這個程度，應該是對尤里有意思？只不過她塞東西給尤里的次數會不會太過頻繁了？一刻想到第二節課時，尤里在偷吃麵包，另外兩節的下課時間也都在吃點心，而中午還有那麼大的便當。

一刻若有所思地皺起眉。先不管花千穗喜不喜歡尤里，她的舉動簡直就像是怕尤里餓死似地。

「一刻大哥，你的表情怪怪的。」見一刻默不出聲，尤里不由得擔心起來。

「白毛思春期到了吧？」喜鵲不客氣地嘲笑。

「思妳的……！」瞄見桌旁忽然有人影靠近，一刻硬生生地收住話，他可不想被人當作在和空氣自言自語。

向織女和喜鵲投了記警告的眼神，示意她們不准亂來，一刻皺著眉頭，看向端著餐盤站在他們桌前的修長少女。

是葛蘿。

第四針

「我可以坐這邊嗎？」面對眾人，外型艷麗的少女揚起笑，眼神落在一刻右邊的空位上。

「不好意思，葛蘿同學。這兩個位子都有人坐，他們去買午餐了。」尤里憨厚地笑了笑。

「那裡面呢？難道裡面也有人坐了？」葛蘿挑起眉，雖然臉上帶笑，但態度有些強勢。

「啊，這個、那個……」尤里感到爲難地刮刮臉頰。

在一般人眼中，最內側的座位確實是空的，可是實際上，一刻的左邊坐著織女，她正不知從哪兒掏出了紙筆，埋頭在紙上塗塗寫寫；至於尤里右邊原先貞的無人坐的位子，在葛蘿進一步提出要求後，待在織女頭上的喜鵲便拍拍翅膀，飛到了那張空椅上，然後銀光一閃，一名和常人同體型的荳蔻少女就坐在其上。

喜鵲用指尖點著桌面，像唱歌般地說著：「這位子是我的了。」

見狀，尤里更不可能答應葛蘿和他們同桌。就算看不到，但兩張椅子上確實都坐著人哪。

「所以我可以坐了嗎？」葛蘿嘴上這樣問，但認定尚有空位的她已經將餐盤放下，伸手就要拉開其中一張椅子。

卻沒想到一隻手倏地壓在椅背上。

葛蘿驚愕地看著那隻手的主人。

「不行，不方便。」一刻不耐煩地說道，彷彿沒看見葛蘿的表情瞬間變了再變，「隨便妳怎麼說。反正其他地方還有空位，妳去別桌坐吧。」

尤里緊張地看著一刻和葛蘿，深怕哪方眞的脾氣上來，當場製造出一場騷動。

葛蘿美麗的臉扭曲起來，或許她從沒想過自己竟會遭人不客氣的對待。沒再多說什麼，她抿著唇，銳利地瞪了一刻一眼，動作粗魯地端起餐盤，離開他們這張桌子。

「一、一刻大哥，這樣好嗎？你把人家氣走了……」尤里不安地動了動身子。他和葛蘿不熟，可是也曾聽聞她個性好強，今天一刻給了她這麼一個難堪，難保她哪天想討回來。

「啊？我哪裡做錯了？」一刻皺起眉，困惑地比向一旁，「位子確實還有啊。」

「一刻你眞笨，不是位子有沒有的問題啦。」從剛剛就埋頭塗寫的織女終於停下筆，對著一刻豎起食指，嘖嘖嘖地說，「那位姑娘就是想坐這裡，不過妾身也不會讓位就是了。」

「啥鬼？」一刻莫名其妙地瞪著那張故作老氣橫秋的小臉，順便瞄了眼攤在桌上的信紙，上面歪七扭八地寫著一堆蝌蚪字，還畫了幾個愛心。

一刻想來想去，只猜得出一個可能性——

「妳在寫密碼？」

「什麼密碼？沒禮貌。」織女氣呼呼地瞪圓眼睛，「是情書，是妾身寫給夫君的情書！一刻，你的眼睛是發生什麼事了？連這也看不出來嗎？」

一刻翻了個白眼，最好他有辦法看得出來。

似乎是看穿一刻的心思，織女惱怒地將信紙摺起，用有些重的力道把紙摺了再摺，最後摺成個小長方形。

不去理會沒慧根的部下三號和已經大啖起便當的部下一號，織女將摺好的信紙交給喜鵲，「這次也要勞煩妳幫妾身送信了，務必要帶回夫君的回信。」

「就交給我吧，織女大人。」喜鵲讓自己的身形變回巴掌大小，隨後她拍拍翅膀，抱著那有她身體一半大小的信飛出了窗外。

下一剎那，窗外猛然撲進一陣強風，這風來得突然且猛烈，引起好幾個女生驚叫。除了一刻他們，沒人看得見外頭有一抹碩大的黑影振翅離開。

「所以，妳跑來這兒到底是來幹嘛的？就爲了寫情書？」待喜鵲離開後，一刻單手托住下巴，斜眼橫了織女一眼。

「當然不是。部下三號，你的視野不能這麼狹窄，妾身難道像是那種人嗎？啊，部下一號，妾身要那個鳳梨蝦球！」織女忽然伸出手指。

尤里愣了愣，接著乖乖把筷子交給自己的上司。

看著吃得不亦樂乎的小女孩，一刻嘆口氣。好吧，他知道織女不是爲了寫信才來這兒的，她其實是爲了搶人便當。

「唔，一刻，你們難不成都沒發現嗎？」織女將筷子還給尤里，抽了張紙巾，擦擦沾上油光的小嘴，黑眸看向兩名部下。

「發現什麼？」一刻的表情變得更加銳利。

「就是這所學校——」

「一刻，你的午餐。」蘇冉將盛著兩碗麵的餐盤放下，他向突然出現在這兒的織女點了下頭，當作招呼，一點也沒露出任何驚訝的表情。

「不好意思，讓你們等那麼久，希望我們沒錯過什麼話題。」也從排隊人龍脫身的夏墨河綻開了懷帶歉意的笑容。

「米有啦，諸呂大人也才……」尤里的嘴裡塞著食物，口齒不清地想要解釋他們還沒展開什麼正式的話題，然而他的解釋卻因為無預警襲上小腿的疼痛而中斷。

尤里瞪大雙眼，對面的一刻沒有反應，像不知道發生了什麼事，接著他連忙轉頭看向站在桌旁的夏墨河。

馬尾少年漾著優雅溫和的笑，但眼裡卻帶了一絲警告。

尤里沒有問夏墨河想警告什麼，因為他已經看見原來在他身後還站著兩抹人影。

尤里吃驚地將食物吞了下去，「小千？筱圓？」

「我可以和你們同桌嗎？不方便的話也沒關係。」花千穗有禮地問，她的手中也端著餐盤，顯然她也是到餐廳來解決午餐的。

「不用在意我，我可以直接……啊，幸運、幸運！」陳筱圓瞥見隔壁桌正好有人起身，空出了一個座位，她迅速坐了上去。

「是、是沒……」尤里有些結巴，或許是因爲剛才被織女追問著喜不喜歡的問題。

「妳要坐就坐尤里旁邊吧。」一刻沒耐心，直接代替尤里回答。

花千穗一拉開椅子坐下，一刻就感覺到有道視線往他們這個方向射來。

一刻是習慣打架的人，培養出的敏銳感比一般人強太多，他迅速抬頭，眼眸危險地瞇起。

蘇冉注意到他的舉動，也跟著抬起頭，靜靜地問：「怎麼了？」

「什麼東西怎麼了？」尤里聽見這話，好奇地問，接著才發現對面兩人好像都在看著哪裡。他東張西望，試圖找出什麼吸引了一刻和蘇冉的注意力。

然後他看見他們身後隔著幾張桌子那兒，葛蘿正面無表情地瞪著他們，明艷的眸子裡燃上一簇無聲無息的火焰。

尤里抽了口氣：「怎麼辦？一刻大哥，葛蘿同學她看起來好像很……」

「很生氣。」織女好心地幫忙說出最後三個字，當然花千穗是聽不見的，「哎，其實妾身覺得她是生氣得不得了。」

「眞是莫名其妙。」一刻撇了撇唇，「那又干我屁事。」

「一刻同學，我可以請問發生過什麼事嗎？」夏墨河也看見了神情不善的葛蘿，可是他不清楚剛剛究竟發生了什麼事。

一刻戾氣十足地先朝視線射來的方向反瞪回去，接著低頭扒了幾口麵後，才把事情大略解釋一遍。

夏墨河馬上就明白葛蘿不悅的理由了。前一秒不肯讓給自己的位子，下一秒卻被花千穗坐去，像她如此心高氣傲的女孩子，定會心裡不平衡。

「什麼？哇，葛蘿她還在瞪耶。」坐在鄰桌的陳筱圓偷偷地扭頭看去，她縮縮肩膀，趕緊再轉回來。當她望向一刻他們時，甜美的臉蛋浮上擔心。

趁著身旁又有學生端起空盤起身，她抓住沒人注意的空檔，壓低聲音，小心翼翼地說：「宮一刻同學，你們還是多注意點比較好，葛蘿在外面認識一些不良少年，聽說要是惹她不高興，她就會找那些人……」

「筱圓，沒根據的事別亂說。」花千穗打斷了陳筱圓的話。

「是千穗妳太不會去懷疑人了啦。」陳筱圓忍不住氣惱地站起，也不管自己這樣做會不會惹人注意，「妳就是這樣，所以葛蘿才會越來越不……」

砰！

一聲突來的重響讓陳筱圓反射性地閉起嘴。

餐廳內大部分學生都聽見了這聲異響，她們訝異地東張西望，想找出聲音來源。有些人剛好離來源處很近，馬上便瞧見餐廳地板上居然倒了一個人。

那是名穿著制服的女學生，髮絲遮住了她半邊臉，一動也不動，像突然間被切斷了意識。

有幾個坐在失去意識少女原本位子旁的女孩站了起來，她們愣愣地看著，彷彿一時間不知道究竟發生了什麼事。

緊接著，一名女孩摀住嘴，尖叫出聲：「小妍！」

「小妍妳怎麼了？」

「小妍，妳別嚇我們啊！」

其他本來還站著的學生回過神，驚慌失措地衝向朋友。

嘈雜的學生餐廳立即變得更加混亂。

目睹此景的花千穗放下筷子，快步朝事件中心走去。

「千穗？千穗？」陳筱圓不明所以，但也放下了筷子。

「是我們班的同學。」花千穗只拋下這麼一句解釋，那抹筆直修長的身影便已越過人群。

「所以是我們班的人又怎樣啦，一定又是貧血……千穗？千穗妳等我一下！」陳筱圓跺了跺腳，也沒心思繼續吃飯，她小跑步地追了上去。

「部下一號、二號、三號，還有未來候補，咱們也去看個究竟。」織女迅速地點了名，跳下椅子，玲瓏嬌小的個子靈活地在學生間穿梭。

「幹，妳是喊誰未來候補？我不是叫妳不准打蘇冉的……織女！」眼見那抹小個子就快要淹沒在人群裡，一刻懊惱地彈了下舌，大步追了上去。

當一刻等人穿過圍觀的學生們，見到的是花千穗冷靜果斷地對著自己的同學下達指示。那份魄力確實讓幾個快哭出來的女孩們稍微鎭靜下來，一一照著她的指示行動。

然後花千穗試圖撐扶起那名昏迷學生，雖然陳筱圓也跑上前幫忙，但顯然有些力不從心。一刻皺了皺眉，大步邁出。

「讓開。」他在那名學生身旁蹲下，一把將人打橫抱起，「要放到哪裡去？」

「請先讓她躺在這些椅子上。」花千穗指著在方才排成長方形平台的數張椅子，「我已經請人去通知老師了。你們先去吃飯吧，我在這邊等。」

「我們的班長又在展現偉大的情操了嗎？怎麼，妳確定不去陪那些交換學生吃飯？」嘲弄般的女聲不輕不重地落下，葛蘿端著置放空碗的餐盤站在一旁。

「葛蘿，妳到底想怎樣？」陳筱圓氣不過，率先回嘴，「不要因爲坐不到位子，就特地找千穗麻煩！」

「妳以爲我會在意那種小事嗎？」葛蘿的臉色瞬間變得難看，她冷冰冰地從唇裡擠出字，「未免也太好笑了。陳筱圓，妳是跟屁蟲當久了，連腦子也沒了嗎？」

「妳說……」

「老師來了！老師來了！」

「老師，昏倒的人在這邊！」

突來的躁動中斷了葛蘿和陳筱圓的爭執。葛蘿冷哼一聲，視線瞥向一旁的一刻，毫不掩飾地瞪了一記後才轉身離開。

「神經啊……」一刻低罵，到現在還是搞不清自己是哪裡招惹到她。

「一刻同學。」在葛蘿經過眼前時，夏墨河仔細地打量過一遍，沒有錯放任何細節，他重新確認一個令他在意的地方，「那位葛蘿同學，似乎本來有戴眼鏡。」

「什麼？」一刻納悶地蹙起眉，不明白這有什麼含意。

「她的鼻梁兩側有淺淺的凹印，眼下的皮膚又比其他地方稍白一些。」夏墨河說，「我猜她應該有佩戴眼鏡的習慣。」

「葛蘿她昨天之前都戴著眼鏡，今天可能換了隱形眼鏡，有什麼不對勁嗎？」聽見這番話的陳筱圓好奇地眨眨眼睛。

一刻起初還不明白夏墨河爲何突然提起這點，但聽到陳筱圓的話後，他心裡猛地一突。

夏墨河曾提起昨晚他們在地下道除了撿到一枚思薇女中的班徽外，還有一副碎裂的眼鏡。

「墨河，難、難道說……」尤里也反應過來，圓臉湧現緊張。

「我懷疑葛蘿同學她……」夏墨河沒將話說下去，只是若有所思地盯著葛蘿離去的方向。

花千穗沒仔細聽一刻他們在說什麼，她瞧見陳筱圓跑到前方，連拖帶拉地抓著老師的手臂往這個方向走，她鬆了口氣，然後，她的手腕被人一把死死箝住。

那力量大得像要捏斷她的手。

花千穗一震，反射性地扭過頭。理應還在昏迷的女孩竟睜開充血的雙眼，頸側更是出現兩個小洞，血液汩汩湧了出來

「妳很快就會嘗到苦頭了，婊子。」女孩吐出的聲音一點也不像她本來擁有的，那聲音怨毒沙啞，如同多人同時在說話。

花千穗的瞳孔收縮。

「千穗！千穗，我把老師帶來了！」

陳筱圓的呼喊聲讓花千穗猛然回神，她急急換了口氣，映入眼中的卻是女孩閉眼昏迷的模樣，脖子上也沒有流血。

花千穗感到自己的心臟快速跳著，怔怔地望著安靜躺著的女孩，右手不自覺撫上左手腕。那裡，正痛得異常厲害。

□

花千穗屈起膝蓋，保持平衡，接著從水中站了起來。

放學後的游泳池特別安靜，所有聲音彷彿都被這片蔚藍色液體給吸收，空氣中充滿著消毒用的氯味。

思薇女中的游泳池向來只在上課時間開放，學生們除非組成團體向體育老師提出申請，才借得到泳池鑰匙。如果是單獨或只有少數幾人，體育老師通常不會應允。

可是，也有例外。

花千穗就是那個例外。

或許是品學兼優又深得師長信賴，因此花千穗提出使用游泳池的申請時，不費吹灰之力就能通過。

將泳鏡稍微扳開，讓積在裡面的水氣流出，花千穗深吸一口氣，重新伏低身子，手臂優雅地朝水面伸展。

如果放學後沒有和尤里結伴回家的話，花千穗大多會在學校游個泳再回去，沉浸在安靜又冰涼的水中能令她放鬆。

一邊抬起臉換氣、划動手臂，花千穗一邊思考著事情。

尤里今天和那幾名利英來的交換學生一塊回去了。她隱隱感覺到尤里似乎有什麼事瞞著她，有時候，她會從房間窗戶看見尤里在半夜跑出去。

但是如果尤里不想說，那麼她就不問。就像尤里對於她不停做吃的東西給他，總是笑咪咪地全盤接受。

花千穗伸直的手指碰觸上泳池的壁面，她再次站直身體，重新調轉方向，足尖對著壁面一蹬，纖長優雅的身體立即往前游出。

全麥麵包、紅茶餅乾、肉桂焦糖脆餅、紅酒巧克力蛋糕，然後是雙層便當……這些東西眞的夠尤里吃嗎？他會不會覺得吃不夠？他會不會很快又餓了？

花千穗的理智告訴她，一般人吃不了這麼多東西，她應該要停止，不該每天都準備那麼多食物給尤里。

但她的心裡卻又有一個聲音在呢喃：不能停止，一旦停止，尤里肚子餓了怎麼辦？

花千穗不知道自己怎會變成這樣，不對，她其實很清楚自己爲什麼會變成這樣……

黑暗而看不見光的密閉空間，小男孩和小女孩緊偎而坐，無法得知時間的流逝……然後是上方的門終於被人自外打開，大量光線爭先恐後地湧入……

誰的呼吸虛弱……誰的臉色蒼白……

——尤里！

花千穗猛然嗆到了水，身體也失去平衡地沉進水中。她很快站了起來，鼻腔和雙耳因爲進水而隱隱作痛，她猛烈又狼狽地嗆咳了幾聲，感覺到溫熱的淚水也沁出眼角。

花千穗重重地深呼吸，心臟在狂跳。她扯下泳鏡，直接在泳池內邁開大步地走。

不行，她得打電話給尤里，問他會不會餓，她可以準備點心給他，家中還有另外烤的香蕉蛋糕！

花千穗伸手抓住了扶梯，利用臂力將自己的身體從水中往上帶。她呼吸急促地坐上了游泳池畔的磁磚地面，將頭上的泳帽也扯了下來。

或許是動作大了些，本來纏住髮絲的髮夾也跟著扯了下來，頓時一頭黑瀑般的頭髮全散落而下。

任憑全身仍在滴淌著水，花千穗坐著不動，努力想把呼吸平復下來。

沒事的，她告訴自己。那件事已經過去了，而且她現在會做許多東西給尤里吃，不用擔心那件事會再度重演……

花千穗的呼吸漸漸平穩下來，她抓起濕漉漉的泳帽和泳鏡，打算去換下泳衣。

但就在這名少女準備起身的時候，她的動作驀然停住了。

花千穗手裡抓著泳鏡和泳帽，泛著水氣的烏黑髮絲披散在肩前背後，仰高的下巴使得白皙纖細的脖子線條展露出來。

而在她大睜的眼眸裡，清楚不過地倒映出——大片的黑暗。

原本應該只有照明燈管的天花板上，如今密密麻麻地倒吊著無數隻的蝙蝠。

那些黑色的不祥生物用雙翅包裹住身體，眼睛一瞬也不瞬地盯著空間中唯一一名少女。

花千穗微白了臉色，身體繃緊，她沒驚慌地放聲尖叫，也沒有失措地拔腿就跑。她屏著氣，每一次的呼吸都是那麼輕、那麼謹慎，就怕驚動了那些不知從何而來的大量蝙蝠。

花千穗還是第一次見到如此怪誕的景象，她慢慢站了起來，蝙蝠沒有動靜，依舊倒掛在天花板上。

花千穗往門口方向移動了一步，就是這麼一步，讓上方的蝙蝠群起了奇異的變化。

一隻蝙蝠的眼睛亮起紅芒，然後是第二隻、第三隻……一隻隻蝙蝠在剎那間全部亮起了血紅色的眼睛。

那樣的光景教目睹之人都要感到不寒而慄！

花千穗體內湧起了不安，幾乎是直覺，她覺得自己應該要拔腿狂奔。

天花板上的黑蝙蝠瞬間啪啦啪啦地拍動翅膀，瘋狂地朝花千穗飛去。

蝙蝠的速度比花千穗快，有好幾隻已經撲到她的身上，尖利的牙齒毫不留情地囓咬上她雪白的肌膚。

花千穗發出了短促的嘶氣聲，顧不得背脊、手臂傳來的刺痛，拚命地朝門口跑去，但是更多撲下的蝙蝠阻止了她的行動。

越來越多蝙蝠包圍在她身上，將牙齒刺穿她的皮膚，咬出一個又一個血洞。肌膚被撕扯，肌肉被咬囓，恐怖的痛楚襲捲她的全身，濃烈的血腥味蓋過氣的味道，充斥在她的鼻間。

「我說過妳很快就會嘗到苦頭了，婊子。」

「我說過的！」

沙啞的咆哮遽然迴盪在空曠的泳池上。

全身被蝙蝠覆蓋的花千穗再也忍耐不住地尖叫——

「千穗！」

虛掩的大門猛地被人推撞開，一抹嬌小的身影氣喘吁吁地衝了進來。

也不管自己腳上是否還穿著鞋，陳筱圓踩上了磁磚，心急地朝著蜷坐在地的少女跑去。

「千穗！」

花千穗感到自己的肩膀被人用力抓住，她睜開眼，抬起頭，眼前是陳筱圓憂心忡忡的臉。

花千穗急促地喘著氣，她抬起兩隻手，上面什麼傷口也沒有——沒有被撕咬出來的血洞，也沒有嚇人的斑斑血跡。

無視陳筱圓擔心地喊著自己的名字，花千穗踉蹌地站了起來。她低頭茫然地看著自己的身體，再仰頭看向天花板。

放眼望去，全然不見蝙蝠的蹤跡。

「千穗，妳怎麼了？別嚇我啊！」見朋友異於平常，陳筱圓的聲音不由得帶上哭腔。她抓住花千穗的手臂，急得都快哭了出來，「難道說……葛蘿真的對妳做了什麼嗎？」

「葛蘿？」沒有預料到會在此刻聽見這個名字，花千穗轉過頭，怔怔地望著自己的朋友。

「妳沒碰到她？所以妳是沒事囉？」陳筱圓安心地喘了一口大氣，肩膀跟著放鬆地垮下，「天啊，真是害我擔心死了……」

「究竟發生了什麼事，筱圓？」花千穗強迫自己先忘掉剛才被蝙蝠包圍的噁心觸感，她讓自己的語調維持一慣的冷靜平淡，不願洩露出一絲脆弱。

「我收到了這個！」像是真的沒發現花千穗表面鎮靜下的異常，陳筱圓手忙腳亂地從書包裡掏出手機，「就在、就在圖書館的時候，我想一定要告訴妳。」

花千穗接過陳筱圓遞來的手機一看，血液像在剎那間凍結住了，手指冰冷得不可思議。

陳筱圓讓她看的是一則簡訊。

「叫花千穗的新朋友多注意一點，誰知道放學後的路上會發生什麼事。」

寄件人的名字是葛蘿。

花千穗緊緊抓著手機，一時間無法思考。新朋友？是指從利英來的那三名交換學生？尤里……尤里放學後是跟他們一塊走的！

「我看見這簡訊時嚇了一大跳。」渾然不知花千穗的紊亂心思，陳筱圓自顧自地說下去，「我知道妳在游泳池，所以急著來找妳。可是我沒想到居然會看見葛蘿從裡面走出來！我嚇死了，千穗……我真怕她對妳……千穗？千穗！」

沒有理會陳筱圓吃驚的叫喊，花千穗再也無法忍受在這裡多待一秒，她快步跑向更衣室，她必須立刻就去找尤里。

但是花千穗怎樣也沒想到，當她打開置物櫃時，會見到——

「千穗，怎麼了嗎？」陳筱圓一跑進更衣室，便見到花千穗站在敞開櫃門的置物櫃前，一動也不動。她不解地靠上前去。

然後，陳筱圓震驚地摀住嘴，倒抽了一口氣。

置物櫃裡，花千穗的制服被剪得破爛；而櫃門內側，有著用紅筆寫下的兩個歪斜大字——

去死

第五針

「欸欸，一刻你是要去哪間店抓娃娃嗎？有沒有小熊比較多的？妾身啊，也想要一隻和你房間那隻一樣大的小熊。」

一刻緊緊地皺著眉頭，極力忍耐在耳邊不停盤旋的稚氣童聲，只希望時間久了，那聲音就會自動乖乖消失不見。

可是織女這回就像是看不出自己部下三號的內心渴望，逕自繼續嘰嘰喳喳，清脆的說話聲宛若銀鈴敲響。

「一刻，你怎麼都不回妾身一句話？你不是要去娃娃店嗎？你不打算抓……好痛！」前方的身影驀然煞住腳步，讓一時不察的織女頓時一頭撞上。

見一刻突然停下不動，他身旁的幾人也跟著紛紛停住。

「部下三號，你怎麼忽然停下哪！」織女摀著她發紅的鼻尖抗議。

「吵死了，妳就不能安靜一會兒嗎？去找妳的部下一號、二號，不然找蘇冉也可以，幹嘛一直死跟著老子不放？別人還以為我誘拐蘿莉！」一刻陰沉著一張臉，對於這點相當有意見。明明夏墨河和尤里都在場，為什麼織女還是硬纏著他不放，一路上叨唸沒斷過，煩都煩死了。

「哎？可是妾身只會跟著妾身的部下喔。一刻你的意思是……妾身可以將阿冉當成部下候補了？」織女無辜地眨眨眼睛。

「最好是有這麼回事。」一刻乾脆俐落地提起織女，一把將她塞到夏墨河的懷中，「蘇染和蘇冉妳誰也不准動，去纏妳的部下一號跟二號！」

「不、要。」織女從夏墨河的懷抱裡爬了下來，在一刻面前站定，雙手扠腰，下巴抬高，小胸膛挺起，「妾身就是要纏你。一刻，你沒聽過嗎？最難攻陷的向來就是勝利滋味最美好的，所以妾身一定要攻陷你！」

「攻妳去死！」一刻冷酷地回了這四個字，轉身踏步就走。

織女像條小尾巴，不屈不撓地黏在一刻屁股後面。

「織女大人、織女大人，妳要不要吃點餅乾？我這裡還有喔！」尤里湊了過來，熱情地從書包裡翻出零食。

「部下一號，你怎麼老是在吃？」織女嘴上這麼問，但小手也不客氣地伸進袋子裡，摸了好幾片餅乾。

「哈哈哈，能吃就是福嘛！」尤里圓圓的臉上浮起傻氣的笑，「而且這都是小千特地做的。一刻大哥、蘇冉、墨河，你們要不要也吃一點？」

「謝謝你，尤里，但我還不餓呢。」夏墨河笑著婉拒。

蘇冉直接以搖頭示意。

一刻本來也想拒絕，他不太習慣在晚餐前吃東西。可是一看到尤里遞來的餅乾小巧可愛，對「可愛」永遠難以抗拒的他，頓時受不了誘惑，伸手也抓了片餅乾。

一刻咬著不會太甜的餅乾，一邊和朋友們在街上閒逛，順便物色是否有推出新產品的抓娃娃店。

沒有搭上接駁校車返家，現在一刻一行人在思薇女中鄰近街道上閒逛著。

適逢放學時間，路上可以瞧見許多學生。一些專賣吃的店家內更是人滿爲患，吵吵嚷嚷的聲音不絕於耳。

原本一刻沒這閒逛計畫。他打算回家煮飯，接著再打掃家裡，但卻拗不過尤里的堅持。

「一刻大哥，你們都來這了，就在附近逛逛再回去嘛！」尤里好客地邀請著，「我們思薇旁邊的一條街裡，還有好幾家抓娃娃店喔！」

由此可以看出，尤里相當清楚一刻的弱點在哪兒。

一聽見有抓娃娃店，一刻忍不住心動了，再加上織女死纏活纏，才會造成他們一行怪異五人組如今走在街上的情況。

既然不是在思薇女中裡，織女也樂得不再隱匿身形。她光明正大地黏在一刻身邊，殊不知自己這樣的舉動，反倒更讓旁人對這團體的組合感到側目。

本來四名高中生走在路上很平常，偏偏當中看起來最凶神惡煞的一名少年身後，還亦步亦趨地跟著一名宛若洋娃娃可愛的小女孩。

不管怎麼看，那畫面都是無比突兀。

一刻對於落在自己身上的視線毫不在意，他覺得自己心中好像一直存在著某種違和感，但一時又想不起來，只能放著那種不上不下、不爽快的感覺在心裡。

他繼續向前走著，看著穿著思薇制服的學生從旁經過，素雅的淡黃上衣，有短短的黑色線頭從心口處的位置垂落。

一刻猛地煞住了腳步。

「好痛！」來不及煞住的織女再度撞上一刻，她按住紅通通的鼻子，小臉不滿地皺成一團，「一刻，你幹嘛又……」

「線。」一刻像是沒聽見織女的抗議，站在原地喃喃地說，「沒錯，就是欲線。」

「一刻？」蘇冉問。

下一秒，白髮少年猛地轉過身。他蹲下身，雙手一把抓住織女的肩膀，「織女，妳在思薇到處亂晃的時候，有沒有看見欲線？」

「一刻大哥，欲線怎麼了嗎？剛剛那女生的線很短啊，說不定晚點就會消失了。」尤里困惑地撓撓頭髮，不明白一刻怎會突然提起欲線的事。

夏墨河卻是沉思，他的心細，腦子轉得也快，他迅速想了一遍今日在思薇的點點滴滴。沒有找到瘴的下落、有幾名四班的學生昏倒了、聽說最近常有人因爲貧血昏迷，除此之外，似乎也沒什麼特別的事，學生們的身上也都沒看見欲線……等一下！

夏墨河柔和的五官驀然一凜，他不敢相信自己居然沒注意到這件事——就是因爲太正常了，所以才更奇怪。

他沒看見欲線。他在思薇裡見到的學生都沒有欲線。

「夏墨河，你注意到了對不對？」從夏墨河微變的表情，一刻就能大略猜中他的心思，「我們在那學校待了一整天，卻連條線也沒看到。」

「可是一刻大哥，說不定大家眞的都沒長出線啊。」尤里認眞地提出另一種看法，「也可能是有長出線的，我們剛好都沒看到。」

「妾身不知道你們今天見過多少人。」織女忽然插話，在眾人的目光落到她身上時，那道稚氣的童聲又說，「但是妾身中午想跟你們提的確實就是這件事。」

織女仰高頭，烏黑的眼睛沉靜深邃。

「妾身走過學校一圈，校長室、老師辦公室、女廁、男廁，都沒看見任何欲線的影子。」

「……妳沒事跑去男廁幹嘛？」一刻黑了臉，對她說出的地點很有意見。

「哎，利英的妾身都逛過了，當然不能對思薇厚此薄彼呀。」織女理直氣壯地扠腰挺胸。

一刻張張嘴，最後放棄這個話題。

他緊緊地皺著眉，他們在思薇裡見到的學生沒人有欲線；但也許有可能就像尤里所說的，他們見到的那些人是眞的沒有，而擁有欲線的，他們剛好沒看見。

到底哪一個的可能性比較高？哪一個？

一刻的眼神突然一厲，他轉頭看向他們方才走來的方向。沒有多加猶豫，拔腿就跑。

「一刻？一刻！」織女沒想到白髮少年會無預警地展開行動，她詫異地大叫，但那抹身影卻離他們越來越遠。

「部下一號、二號，咱們也快點過去！阿冉你抱我！」

在織女的催促下，其他幾人也立即追了上去。

一刻並沒有跑多遠，事實上，他只是跑回思薇女中前。

雖然已經過了放學時間，但從大門往內看，仍然可以看見校園裡還有三三兩兩的學生提著書包，施施然地往校門口移動。

一刻特意挑了和警衛室同一邊的方向站著，避開警衛看得見的範圍，以免招來不必要的麻煩。

「一、一刻大哥……」尤里跑得比其他人慢，他氣喘吁吁地在一刻他們身後站定，發現一刻、織女和夏墨河都是不說話地盯著校門。

「蘇冉，怎麼了嗎？」不明白發生了什麼事，尤里壓低聲音，小小聲地問著戴著耳機的蘇冉，不擔心對方是否會聽不見。

經過一天的相處，他已經知道蘇冉的耳力異於常人，還能聽見一般人聽不見的聲音。
果然，蘇冉轉過頭，可是他的答覆卻是，「不知，在我聽來，很正常。」
所以，只有一刻大哥他們看見什麼怪異的景象嗎？尤里狐疑地朝校門口望去，裡面有個女學生正巧要走出來。
沒有發覺校門旁側有數雙眼睛盯著自己，女學生一邊專心地講著手機，一邊走出學校。
就在那雙黑色皮鞋跨過校門口的那瞬間，一條數公分長的黑線同時在那件上衣上出現。
尤里不敢置信地瞪圓著眼睛，聲音像卡在喉嚨裡，怎樣也出不來。
所謂的欲線，是人心欲望一旦超過平衡，就會實體化出現的東西，欲望越強，線就越長。但不論是何種欲望，都會先冒出線頭，再由短至長，增長的速度則取決於欲望的強弱。
正因爲明白這點，尤里才更清楚那名女學生身上的欲線絕不可能在一眨眼的時間內突然出現一大段。
「怎、怎麼回事？」尤里乾巴巴地擠出聲音，「這樣子……這樣子的話，豈不就像……」
「欲線，在思薇外面才看得見。」夏墨河輕聲地說，「有什麼東西阻止我們，讓我們在思薇裡看不見欲線。」
「操，那隻瘴連這種事都做得到？」一刻咒罵了一聲，「織女，妳有沒有辦法弄清楚是什麼東西礙著我們？」

「不行，妾身做不到。」織女卻是給予了否定的答案。她滑下蘇冉的懷抱，往前走了幾步，然後再乾脆地搖搖頭，「妾身的大部分力量都分給你們了，就連欲線，妾身都辨不出長短，只能瞧見黑影。」

一刻煩躁地咂了下舌頭。就算弄清楚思薇的學生不是沒有欲線，而是他們一行人被妨礙了無法看見，對整件事也沒有任何幫助，反倒又陷入了死胡同。

驀地，一刻聽見身邊傳來細微的卡擦聲。他轉過頭，看見蘇冉不知爲何拿著手機拍起思薇女中。

「蘇冉？」他皺眉問。

「給蘇染看。」蘇冉簡單地說，隨後瞧見他將相片傳送出去。

一刻一愣，迅速反應過來。織女因爲力量不足而看不見，但還有一個人確實能夠看見——蘇染。

「沒錯，還有小染！」織女恍然大悟，欣喜地嚷了一聲，「若是小染，說不定有可能！」

相片傳送出去不久，蘇冉的手機便響了起來。

蘇冉接起手機，只聽見他對另一端說了一、兩句話後，就將手機切換成擴音模式。

「蘇冉，那張相片要做什麼？」屬於蘇染的清冷聲音清晰地傳出。

「蘇染，妳有看見什麼奇怪的地方嗎？」一刻連忙問，「任何地方都可以。」

「一刻？」聽見好友的聲音讓蘇染的語氣滲入一絲開心，不過很快又歸於冷靜，「有個像透明箱的東西圍住學校，很淡的光，形狀接近四方體，我看見的是這樣。」

「四方體、四方體……是結界！」織女驀地一擊掌，「學校被圍了結界，怪不得妾身什麼也看不見！謝謝妳了，小染，妳幫了妾身很大的忙呢。哪哪，有沒有興趣……」

「沒有，完全沒有。」一刻斬釘截鐵地替蘇染回答，「妳敢再拉客的話，老子就要禁止妳靠近蘇染他們身旁方圓三公尺了，織女。」

「什麼拉客？一刻你的用詞眞不好聽，妾身這是叫招攬人才。」織女皺了皺鼻子。

「招妳老木。」一刻同樣冷酷地再給她四個字當作回答。他朝蘇冉點點頭，示意可以切斷通訊了。

蘇冉將手機切換回一般模式，又低聲對蘇染應允了幾句後，這才將手機收起。

「蘇染又說了什麼嗎？」一刻隨口問道。

「她說她很傷心，逛街行程沒找她，她要我多拍幾張你的照片回去，再將細節告訴她，她要更新資料。」蘇冉說。

一刻愣了一下，他扭過頭：「眞假？」

「你可以問她。」蘇冉聳聳肩膀。

一刻思考了一秒，便決定停止研究這個問題，他回頭再看向實際上圍著結界的思薇女中。

傍晚的暮色下，這所被綠意環繞的學校看起來既平和又寧靜。

織女抱著胸，若有所思地在原地走來走去，「結界不會無中生有……假使瘴的宿主已離開學校，結界卻仍舊存在，那麼學校裡一定是被安放了什麼當媒介，用以維持……」

「織女大人，也就是說只要毀壞那些東西，結界就能……」夏墨河才講到一半，就被尤里的驚叫聲打斷。

「一刻大哥，你要做什麼？你不能再跑進學校裡啦！」尤里死命地拉住一刻，阻止他前進的腳步，「時間已經超過五點半了，現在進去必須要登記才行！而且只能待半小時，不然警衛會抓人的！」

「切！這什麼爛規定……」聽到這裡，本來還想回到思薇直接尋找結界媒介的一刻，也只能心不甘情不願地放棄計畫。

「或許，我們可以晚上潛入？」夏墨河提出另一個方法。

「不行不行，晚上也不行。」本身就是思薇學生的尤里搖搖頭，「晚上除了警衛會巡邏之外，學校另外還聘有保全人員。聽說兩邊加起來的人數，就要十人了！」

這點確實出乎夏墨河的意料之外。

有那麼多人巡視校園，就算他們成功潛進去，在進行搜尋時也只會綁手綁腳。萬一一不小心被人撞見，恐怕還會造成更大的麻煩，連帶也會讓幫忙他們的邵倫不好交代。

「既然如此，我今晚再想看看是否還有其他辦法可行。」夏墨河說。

「看樣子也只好這樣了。部下二號，妾身會期待你想出一個華麗無敵的計畫的！」織女甜甜地笑著。

「我會努力不辜負妳的期待，織女大人。」夏墨河優雅地欠下身，伸手放在胸前。

一刻懶得理會這對和樂融融的上司與下屬，被結界和欲線的事一弄，他也沒心情再去逛什麼街了。他從口袋裡拿出手機，打算向宮莉奈報備一聲，今天會準時回去，用不著吃外賣，也不准對家裡的廚房伸出魔爪。

「一刻。」蘇冉倏地低喚好友一聲，他聽見聲音，「不只一人，有人靠近。」

一刻抓著手機，眉眼瞬間躍上狠戾。他朝四周張望，沒看見可疑的身影，但他也沒降低警戒，他一向相信蘇冉的判斷。

「一刻？」

「一刻同學？」

「一刻大哥？」

織女他們也察覺到一刻的異樣，他的身體繃著，氣勢銳利。

一刻沒有回答他們的問題。當他看見鄰近的小巷內陸續走出四人後——和他們差不多年紀，明顯來意不善，有兩人的手裡還故意把玩著小刀——他的嘴角不由得勾起一抹野蠻的獰笑，垂放在腰側的左手手指一根根收緊。

「一刻同學。」夏墨河低語，「不能在這鬧事，否則我們明天可能就得打道回府了。」

一刻自然也明白這點，所以他沒有主動出手，而是看著四人從四面八方圍來，將他們的去路全都堵住。

「我們老大要找一個叫宮一刻的傢伙！」一個挑染著一綹紅髮的少年劈頭不客氣地丟下這麼一句。而他嘴上這樣說，雙眼卻是大剌剌地打量著一頭白髮的一刻。

很顯然，這群人早就知道他們要找的對象具有何種特徵。

「你們老大是哪根蔥？」一刻將書包提至背後，銳利的眼神輕蔑地瞥視過去，「要找人還沒種自己來嗎？」

「臭小子！你說什麼？」一刻的話立刻激得其中一人按捺不住，氣急敗壞地就想揮拳。

不過這人的舉動馬上就被他的同伴制止住。

「你白痴啊！是想讓思薇的警衛出來嗎？」架住他的那人氣惱地斥罵著，不時還瞥視著不遠處的警衛室，看得出來他們並不想節外生枝。

「一刻大哥，現、現在要怎麼辦？」尤里初次面對這種陣仗，縮著身體，緊張不已地問。

「就看著辦。」一刻扔下意義不明的幾個字，用更加不客氣的眼神打量著圍住他們的幾人，彷彿在評估對方到底夠不夠格。

「宮一刻，你到底要不要跟我們走？」最先開口的少年被看得沉不住氣，威嚇似地展示著手中的小刀，想讓這些人感到害怕。

然而除了那名小胖子倒抽了口氣外，戴耳機的那個連理都沒理，長馬尾的那個從頭到尾都面帶微笑，連唯一一名小女孩，也只是睜著漆黑的眼睛滴溜地望著他。

小女孩的模樣天眞可愛，這讓一直夢想有個乖巧妹妹，但現實中只有粗魯妹妹的少年完全狠不下心以她作爲要脅。這種事實在太禽獸了！怎麼可以那麼做？

忽地，少年瞄見一刻手裡抓著的是支粉紅色的手機，而且……他睜大眼，像是懷疑自己是不是看錯了。可不管再怎麼看，掛在手機上的吊飾確實是由小花、小熊和彩色珠子所組成。

那根本就是高中女生才會拿的手機嘛。

「噗！那什麼玩意啊？哈哈哈，那什麼玩意啊！宮一刻，你居然拿那種手機？」

少年的其餘同伴起初還不了解說話的同伴爲什麼會忽然笑個不停，當他們聽見「手機」兩個字後，眼睛立刻全往一刻的手上看去。

頓時，更多的爆笑充斥在周遭。

「粉紅色的手機？天啊，那種娘娘腔的東西！」

「不對，最娘娘腔的是那串吊飾吧？」

「哈哈哈哈哈！他居然敢用那種手機耶！」

有人甚至笑得上氣不接下氣，誰也沒發現一刻也跟著拉出了笑容，只不過是獰笑。

織女同情地替那幾名少年合起掌。

一刻伸手攔住想跨出步伐的蘇冉，他慢慢地握起拳頭，猝然一拳砸向身旁的牆壁。

哄笑聲戛然而止。

幾名少年驚疑地瞪著那記拳頭的主人。

「要走就快點走，少在這邊拖拖拉拉地浪費時間！」染著一頭炫亮白髮的少年收回手，臉上掛著有如凶猛野獸的恐怖笑容。

宮一刻決定，晚點要將這群人連同他們的老大痛揍到爬不起來！

第六針

一刻他們被帶去一座位置偏僻的停車場。

裡面只停著幾台車，車子的外表看起來也老舊，有的外殼上還有明顯的凹痕，而四周的雜草則起碼有半個人高。

由此看來，這座停車場鮮少有人使用，也無專人管理，才會看起來像荒廢了般，充斥著荒涼清冷的氣息。

傍晚的時候已是如此，可以想像一旦入夜，這地方又會是何等可怕。

當一刻他們看見這座半荒廢的停車場時，也看見了聚集在裡頭的一群少年。大約五、六人，他們就坐在機車上大聲地嘻笑，有幾人手裡還拿著金屬球棒，玩鬧似地在半空中敲敲打打。

而居中的一名少年留著刺蝟般的短髮，他沒有加入同伴的嘻笑打鬧，只是像滿懷不耐地不停把玩著打火機，看著火焰一下熄一下滅。

「一刻大哥……」覺得這陣仗比方才還可怕的尤里連聲音都在發抖，他死命地拽著一刻的衣角，心驚膽跳地看著停車場內明顯來意不善的少年們。他嚥了嚥口水，提出已經提過N次的建議，「那個……真的不報警嗎？一刻大哥，我們可以報警的！」

「你說那什麼屁話？那老子不就沒得打了？」一刻抓開那雙一路上死拽著他不放的胖爪子，拉拉手指，眼裡是興奮閃動的凶狠光彩，這說明他絕對不會錯過這場架的。

敢嘲笑他的手機吊飾？不把那群王八蛋痛揍到爬不起來，他就不姓宮！

不，乾脆揍到連他們的媽也認不出來。

覷著一刻戰意高昂的雙眼，尤里更加地緊張了，「織女大人，這、這樣真的好嗎？我覺得還是……」

「要對一刻有信心哪，尤里。」織女驕傲地挺起小胸膛，「像妾身就信心滿滿的，一刻絕對不會輸的！」

「不，我就是怕那些人被一刻大哥揍得太慘啊……」尤里哭喪著一張臉。

「哎呀……」面對這問題，織女還眞的找不出話來反駁，只能眨眨眼睛。

渾然不知一刻內心的打算，也沒留意尤里與織女間的對話，押著他們一行人的少年們瞧見自己的同伴後，立刻得意洋洋地大叫著。

「老大！」

「老大，我們把宮一刻那小子帶來了！」

原本還在嘻笑玩鬧的一夥人聽見聲音後，頓時全轉過了注意力，數雙眼直盯著一刻等人。

「老大，那個白毛的就是宮一刻沒錯！」染著一綹紅髮、走在最前頭的少年興沖沖地跑上前，向領導人邀功。

刺蝟頭少年停下把玩打火機的動作，他瞥了眼自己手下帶來的人，接著一掌朝對方腦袋狠狠揙下。

「老、老大？」被打的人只覺得一頭霧水。

「你是豬嗎？」刺蝟頭少年怒罵著，手指重重地比向一刻等人，「我是叫你們帶宮一刻過來，你們帶了一群人是怎麼回事？嫌他們人太少嗎？啊？」

「但、但是，宮一刻的確在裡面啊……」染著一綹紅髮的少年小小聲說著。

刺蝟頭少年深吸了一口氣，勉強忍住再給這個笨蛋手下一拳的衝動。

「老大你怕什麼？反正我們人比他們多嘛！」待在他旁邊機車上的一人笑嘻嘻地說道，這番話引來更多人的附和。

少年們鼓譟著、起鬨著。

「沒錯、沒錯！怕什麼？」

「他們也才五個人，我們可是有十個！」

「那個胖子和那名小鬼根本不能幹嘛吧？」

「老大，直接給他們一個教訓啦！」

「你們再吵，我就先揍死你們！」刺蝟頭少年威嚇地揮舞著戴有指虎的拳頭，「誰說我怕了？以爲我不知道我們人多嗎？」

滿意地瞧見一干手下全閉了嘴，刺蝟頭少年從機車上跳下來，向前走了一步，不客氣地睨著一刻。

「喂，白毛的，你就是那個宮一刻嗎？」

沒想到一刻完全不甩他，反而緊皺眉頭，一副大失所望的表情，「搞什麼鬼，只是這種貨色嗎？未免也比江言一差太多了。」

「一刻同學，你拿江同學作標準，我想可能有點過高。」夏墨河溫和地說，「不過對方的氣勢的確……嗯，不太強烈。」

可以聽出夏墨河試著把感想稍作修飾，讓它們變得委婉些。

「而且腿短。」蘇冉難得開了金口，藍眼睛漠然地瞥了一眼便轉回，表示全無興趣。

「噫！一刻大哥，你們這樣子……」擺明不是在刺激人嗎？尤里的臉都白了，他戰戰兢兢地偷瞄向被批得體無完膚的當事人，他在心裡慘叫一聲，果不其然，對方漲紅著一張臉，表情憤怒扭曲。

「宮一刻……」刺蝟頭少年咬牙切齒地喊出一刻的名字，手背迸出青筋，看得出他正用極大的力量壓抑著，「是男人就給我滾出來！老子有事要問你！」

「老大，那個宮一刻其實是個娘娘腔，他的品味超娘的！」之前押著一刻一行人過來的一名少年，馬上向他們的老大獻上這條新情報。

刺蝟頭少年看著一刻的眼神登時從怒氣勃發轉成狐疑，再轉成赤裸裸的訕笑。

「蘇冉，幫我拿著。」一刻將書包扔給青梅竹馬，此舉也包含要他不准插手的意味。沒有拿任何防身或攻擊用的武器，一刻就這麼大步上前，然後姿態更加傲慢地俯視比他矮的刺蝟頭少年。

「找我什麼事？有屁快放。」一刻面無表情地說。

近距離面對一刻，刺蝟頭少年才感覺到對方的可怕氣勢。他心裡閃過剎那間的退縮，可隨即想起己方人多勢眾，更不用說自己還戴著指虎，可以一拳輕易將他人鼻梁打斷。

想到這裡，他不由得又膽大了起來。

「宮一刻，你認得葛蘿吧？」刺蝟頭少年用著凶惡的語氣逼問。

「誰？」一刻不是故意裝傻，他是真的一時想不起來。

「一刻，今天在學校一直瞪你的那個女生。」清楚一刻有著不擅認人的小毛病，蘇冉出聲幫他回憶。

「那個啊……」聽蘇冉這麼一說，一刻有印象了，只是他的態度卻更加惹火不明詳情的刺蝟頭少年。

「宮一刻，你給我聽清楚了！」刺蝟頭少年憤怒地拉高聲音，「葛蘿就像我的家人，誰敢欺負她，老子絕對不會放過他！」

「所以，這又干我什麼事？」一刻的意思是他根本就沒有招惹過葛蘿，然而聽在刺蝟頭少年的耳中，則是完全變成另一種意思——他認定一刻在挑釁他，壓根沒將他們放在眼裡。

刺蝟頭少年再也按捺不住，他大吼一聲，掄起拳頭就朝一刻的臉上揮過去。

在發覺對方眼神漸變後有所警戒的一刻敏捷地避開，趁對方拳頭揮空的瞬間，直接一記踢擊重踹對方的肚腹，將人踹得跌向後方的機車。

「老大！」

「老大！」

沒料到事情的發展出人意表，本來坐在機車上看好戲的少年們全變了臉，紛紛從車上跳下，兩個手腳俐落的趕忙伸手攙扶住刺蝟頭少年，不讓他真的撞倒機車。

「別管我！」刺蝟頭少年的臉因疼痛而劇烈扭曲，但仍用力揮開同伴的手。他搖搖晃晃地站了起來，雙眼通紅且氣憤咆哮，「給我揍死宮一刻那傢伙！徹底地給他教訓，讓他以後再也不敢欺負葛蘿！」

一刻眼神瞬凜，他看見刺蝟頭少年胸前的黑線正快速增長，雖然目前還不到腰間，但誰知道下一刻會發生什麼事。

——當初江言一就是轉眼間欲線暴長垂地，遭到受吸引而來的瘴入侵。

「一刻同學，不能讓那線再長下去了。」夏墨河亦注意到那條顯眼的欲線。他們還沒追捕到之前那隻逃跑的瘴，要是這時再增加一隻，只會讓事情變得更棘手。

「我知道。」一刻不是不懂事情輕重緩急的人，他立即改變主意，喊上蘇冉，「蘇冉，一半分你，不准過頭。」

一刻不得不這麼事先警告。外表安靜的蘇冉一動起手來，那份狠勁連一刻都自嘆不如。他可以將人打到站不起來後，再平靜地將鞋跟踩上對方的肋骨，然後用力……

「幫我抱著。」蘇冉將兩個書包都塞給織女。

「什……等一下，怎麼叫妾身拿？阿冉！」織女氣呼呼地大喊著，但那抹身影早已迅速投入了戰圈。

將一半的人數交給蘇冉處理，一刻閃過側邊揮來的球棒，他飛快地抓住偷襲者的手臂，猛力地將他扯向自己，接著一記強勁的頭鎚重重送上。

扔開暈過去的少年，一刻的視線鎖定住刺蝟頭少年。這人和江言一不一樣，對自己沒有莫名其妙的執著，只是想替葛蘿出口氣，只要將他弄暈，應該就不用擔心欲線會再增長了。

並不知道一刻心中轉的是什麼念頭，刺蝟頭少年猙獰著臉，從口袋裡掏出另一副指虎，將它戴在另一隻手的指關節上。他朝一刻衝了過去，握緊的拳頭瞄準一刻的鼻子，巴不得將對方的鼻梁打斷。

與此同時，一刻身後還有另一名少年拿著小刀揮舞過來，正是一開始開口威脅一刻、染著一綹紅髮的少年。

「一刻大哥，小心後面！」眼見一刻即將遭人偷襲，尤里的圓臉刷成煞白，然而他們之間距離一刻實在太遠了，就算他使盡全力跑去，也來不及阻止。

在這千鈞一髮之際，一抹人影被重重地砸了過來，撞在拿著小刀的少年身上，兩個人頓時跌滾成一團。

被這一幕分散心神的刺蝟頭少年動作一滯，慢上了好幾秒。

而一刻當然不會錯放過這好機會，他瞬間搶得先機，拳頭火速揮出。但是卻有什麼阻止了他的行動，一束刺眼的燈光照在他和刺蝟頭少年之間，然後是更多束的光源照了過來。

不管是被打倒在地的，還是正在打的，全都下意識停下了動作，往光源處看去。

「這這這……」尤里幾乎要跳了起來，他震驚地看著圍住停車場的數十輛機車，每一輛都是大燈閃亮，令人險些睜不開眼。

可即使如此，尤里還是勉強看出了那些待在機車上的人數，少說也有刺蝟頭少年那群人的一倍以上。

刺蝟頭少年茫然地看著突然出現的機車陣，一時間完全忘記自己原先要攻擊宮一刻的目的。他和同伴一樣，眼神充滿著驚疑不定，心中想的更是同一件事——

那些人是什麼人？他們從哪來的？他們究竟想要做什麼！

於是原先混亂不已的場面，就這樣不自然地凝止了下來。

「一刻。」蘇冉走了過來，對撞在一塊而半昏迷的兩名少年視若無睹，甚至還直接踩過，「是你認識的人。」

「我認識的人？」一刻神情古怪地皺起眉頭。由於車燈大亮又加上傍晚夕陽餘暉的關係，那群機車族都背著光，使他難以看清楚。

彷彿察覺到一刻的納悶，中間的機車忽然暗下燈，其餘的機車也像接收到訊號，紛紛將車燈關掉。如此一來，那群人的面貌都暴露了出來。

那是一群和在場眾人差不多年紀的少年，有的穿著便服，有的還穿著制服——白襯衫加上蒼藍色的長褲，那分明就是利英高中的校服！

但對一刻來說，重點根本不在那些人穿著什麼制服、是不是自己學校的學生，而是……

「江言一!?」一刻瞠目結舌地瞪著領頭的金髮少年，他現在已經記得住那張臉了。「我操！爲什麼你會在這？」

「把你那見鬼的表情收起來，宮一刻。」唇上穿有唇環的金髮少年冷淡地開口，神情倨傲，「有人叫我過來的。」

「有人？」一刻越聽越糊塗，還會有誰知道他們在這，而且還認識江言一？他不自覺地瞥向蘇冉和夏墨河，但還沒等他們有所表示，他就先否決了這個可能性。

最後一刻的目光落在織女身上。

「妾身就是那個『有人』唷，一刻。」黑髮黑眸的小女孩稚氣一笑，露出潔白的貝齒，小手還拿著自己的黑莓機晃了晃。

一刻覺得難以置信，「幹，眞的假的……你們搭上了!?」

「那個小鬼說你碰上麻煩，要我多找點人過來。宮一刻，這就是你碰上的麻煩嗎？」江言一走下機車，輕蔑的視線投向刺蝟頭少年一行人，「這樣的貨色？」

當江言一的視線落及自己身上時，刺蝟頭少年只覺遍體生寒。和宮一刻凶暴的感覺不同，這名金髮少年與生俱來的陰戾氣質教人感到心生不安。

「就是你找宮一刻碴？」江言一來到刺蝟頭少年面前，冷笑著說，「你要揍他就快揍，打傷他的話，我就可以名正言順地替他出手，順便向莉奈姊邀功了。」

「江言一，他媽的不要以爲我沒聽到。你是巴不得我被捅出個洞嗎？」一刻陰惻惻地說。

「那更好，我可以留在你家幫莉奈姊照顧你。」江言一聳聳肩膀。

一刻青筋迸冒，白痴都曉得江言一的目的是和莉奈姊共處一室。

「一刻，我可以揍他嗎？」蘇冉靜靜地問。

「……我超想，可是不行。」一刻費了好一番力氣才抗拒誘惑，他面無表情地說，「他可能是這輩子唯一忍受得了莉奈姊製造垃圾功力的男性生物，除非蘇冉你想接手。」

戴著耳機的俊美少年瞬間緘默下來。

沒有理會一刻和蘇冉間的對話，江言一微俯下身子，陰冷的目光壓得刺蝟頭少年幾乎快喘不過氣。

「要動手還是不動手？不要浪費我的時間。」江言一的聲音含笑，可是他的雙眼毫無笑意，「只不過你動手的話，就要有被我打殘的心理準備。」

在刺蝟頭少年滿懷驚恐的目光中，他放輕了聲音，輕到只有對方能夠聽聞。

「順道一說，你想找麻煩的對象是我們利英的老大，連我都打不過他。」

就像是再也承受不住壓力，刺蝟頭少年駭得怪叫一聲，狼狽地躲開江言一。連自己的同伴也不顧，倉皇跳上機車，轉眼間落荒而逃。

見老大落跑，其餘少年也不敢再逗留，他們一個個驚慌失措地跑向自己的機車，頓時化作鳥獸散。

半廢棄的停車場內，一晃眼只剩下一刻他們，以及江言一帶來的眾多人手。

「喂喂，搞什麼？」見到打架對象全散光，一刻不禁感到有絲掃興。他懊惱地彈了下舌，責怪地瞪向明顯是罪魁禍首的江言一，「靠么啦，你沒事把人全嚇走幹嘛？」

面對一刻的不滿，江言一冷冷地挑高眉，但還未吐出任何一句諷刺，停車場的另一側就先傳來了一聲焦灼的高喊。

「尤里！」

眾人還來不及反應，一抹纖長的人影已經飛也似地奔向尤里，中途還彎身撈起一根被遺落在地的球棒。

當花千穗站定在尤里身前時，她同時擺出了防備架勢，球棒直指不曾見過的金髮少年，端麗的臉龐如覆冰霜，眼眸凜然銳利，其氣勢就像捍衛幼崽的雌獸般，不容任何人靠近一步。

「千穗！」第二抹人影也慌慌張張地跑了過來，陳筱圓抓住花千穗的手臂，對於圍在四周的一大群少年感到心驚膽跳，「千、千穗，他……」

「小千？筱圓？」尤里結結實實地被嚇了一跳，「妳們……妳們怎麼到這裡來？」

「什麼？當然是擔心你們被找麻煩啊！」陳筱圓緊張地說，「葛蘿傳了簡訊過來，所以我和千穗……我們是在路上看見這一大群機車的，葛蘿果然找上了不良少年……」

「葛蘿？不是，小千妳們誤會了！」見花千穗和陳筱圓誤會了，尤里趕緊澄清，深怕花千穗和江言一那方真起了什麼衝突。他拉住花千穗的手臂，按下她直指江言一的球棒，「小千，這位是一刻大哥的朋友，他是來幫我們的。妳說的那些人剛剛已經跑走了，所以我們沒事，真的沒事。」

「宮一刻的……朋友？」聞言，花千穗先是瞥向一刻，一刻對她點點頭，接著她再將視線轉向江言一。確定對方確實沒有敵意後，原本緊繃的身體頓時放鬆。她扔開手裡的球棒，突然轉身猛地抱住尤里。

尤里瞬間漲紅了臉，身體僵硬。

這麼大膽的舉動立刻讓機車上的少年們吹起口哨，或是抗議起爲什麼美女是抱住那個胖子。不過在江言一冷淡地瞥視過去後，少年們登時噤聲。誰都知道他們的老大就算跟宮一刻和解了，也不代表他就會一改其狠戾作風。

「小、小千……」尤里緊張得心臟都快跳了出來，但緊抱他的少女依然沒有鬆手的打算。遲疑了一會兒，他慢慢伸出手，輕拍了拍她的背。

「妾身就說那姑娘是尤里的女朋友嘛。」望見這一幕的織女，爲自己當初的猜測無誤感到得意。

「胡說，千穗怎麼可能和尤里……」陳筱圓反射性地想反駁這句話。在她的心裡圓圓胖胖的尤里根本就配不上幾近完美的花千穗，但是當她瞧見說出這話的人時，不由得愣了一下，「妳是誰？」

爲什麼宮一刻他們身邊會多出一名粉雕玉琢的小女孩？

「妾身？妾身是……」織女的話還沒說完，一隻大手就已經將她拎起。

「她是我妹。」一刻抱著織女，一手摀住她的嘴巴，不讓她再說些惹人懷疑的話。

陳筱圓傻愣愣地點了下頭，白髮少年凶惡又不耐的眼神，讓她完全不想再追問。

「陳同學，我可以請教妳一些事嗎？」細心地不去打擾尤里與花千穗，夏墨河將目標放在陳筱圓身上。在她不自覺地轉過臉時，他親切地露出微笑。

望著那張秀麗非凡的臉，陳筱圓忍不住臉紅心跳。

「當、當然可以……」那道可愛的聲音也忍不住變得結巴。

「妳剛提到，葛蘿同學傳簡訊給妳們？」夏墨河沒有忘記先前聽到的。

「簡訊……對，簡訊！」

一提起這件事，陳筱圓立刻回過神，甜美的臉蛋浮現氣忿。她從口袋裡拿出自己的手機，迅速調出她收到的那封威脅訊息。

「我在圖書館的時候收到的，所以我才趕緊去找千穗，沒想到在游泳池外還碰見了葛蘿……你們知道她有多過分嗎？她還割破千穗放在更衣室的制服！」

陳筱圓越說越氣，她握緊拳頭，像是巴不得幫朋友出一口氣。

聞言，夏墨河將視線望向將制服外套扣得整整齊齊的花千穗。原來，這就是她在這天氣還穿著外套的原因？

「她的簡訊寫了啥？」一隻手從旁伸過，直接抓走陳筱圓的手機。一刻抱著織女，眉頭緊皺地盯著螢幕上的幾行字，「這啥鬼？未免也太莫名其妙了吧？」

「雖然莫名其妙，不過這種事的確造成了我們的麻煩。」夏墨河若有所思地輕喃，「或許……」

「或許什麼？」一刻問。

「不，等計畫整理得更完整後，我再告訴你們吧。」夏墨河微笑，自然地將話題打住，明顯不想深談。

「嘖，裝什麼神祕？」一刻嘴上抱怨，卻也沒有追問的意思。在幾次追捕瘴的合作經驗中，他也已經習慣把思考策劃的事交由夏墨河負責。

感覺到口袋裡的手機傳來震動，一刻放下織女，接起來自宮莉奈的電話。

「喂，莉奈姊？」一提到自己的堂姊，一刻就看見江言一的注意力全轉移了過來，一副在意又不肯在他面前表現出來的模樣。

切，悶騷！一刻在心裡暗笑，他繼續和宮莉奈通著電話，對方是來確定今晚的晚餐要如何處理。

「莉奈姊，我待會兒就回去，別叫外賣了，也絕對不准說想幫我的忙就先亂動廚房！」一刻一點也不想在回家後，面對一間宛若遭到生化危機的廚房，「對了，我會帶朋友回去，就這樣。」

和宮莉奈道別後，一刻收起手機，瞥向某個硬要裝作毫不在意的傢伙。他也不是不會回報的人，早餐加剛剛的援手，他記下了。

「喂，江言一，我姊晚上在家，你可以過來吃頓飯。」

金髮少年內心欣喜，但表面還是掩飾著自己的情緒，習慣性地諷刺了一刻幾句，「宮一刻，你的品味到底什麼時候才要改？上面的熊根本又多一……」

那些坐在機車上的少年們驚恐地看見自家老大被人一拳擊倒。

白髮少年的眼神凶暴狠戾，對著倒在地上的人接著就是一記中指，「多你老木！老子就是愛這種手機、這種吊飾干你屁事！」

「……一刻同學，我想江同學已經聽不見了。」夏墨河苦笑著拍拍他的肩膀。

一刻回過神，看看自己揍人的拳頭，再看看被自己揍暈的江言一。他抓抓頭髮，最後決定將江言一從今晚的晚飯共餐名單上刪掉。

第七針

一刻還記得找出校園裡的結界這件事。夏墨河昨日確實曾說過他會負責想出辦法來。

但是他怎樣也沒想到，所謂的辦法居然會是——

「馬的，夏墨河你最好說清楚，爲什麼一大早我們就得在外面做什麼鬼勞動服務？你是不知道今天太陽有多大嗎？」染著一頭白髮、雙耳掛著多個耳環的少年咬牙切齒地低吼，戴著粗布手套的手，同時狠狠拔起地面上的一叢雜草。

「但這的確是能光明正大在校園巡視，卻又不會被多懷疑的辦法了。」今日依舊梳著一頭長馬尾的秀麗少年淺笑回答。即使頭頂上艷陽高照，他白皙的額頭也沒沁出一滴汗水。

相較之下，蹲在另一邊的小胖子則是汗如雨下，圓胖的臉頰更是被曬得紅通通的。不過他不但沒有抱怨，反而露出敬佩的笑容。

「一刻大哥，我覺得墨河的辦法很不錯啊！平常在教室外逗留，都會被巡堂的老師或教官抓去罵呢，可是用了這理由，大家就不會懷疑我們在幹嘛了。」

「因爲我們確實在幹嘛……我們確實在替這間學校拔草！」一刻又粗魯地扯了一叢草。並不是說他討厭勞動服務，家裡的大小家事都是他一手包辦，他只是沒想到夏墨河會自告奮勇地進行勞動服務。

「而且那個禿頭還眞的答應你？」

「一刻大哥，王老師沒有禿頭啦，他只是髮線稍高了點。」尤里憨厚地替班導解釋。

「那就叫禿。」一刻不客氣地給了個尖刻的評論。

由於正值上課時間，除了操場，校園裡幾乎不見學生走動，也沒人會特別盯著大樓旁進行勞動的三名少年。

不過沒人特別盯著，不代表就眞的不會有他們三人以外的人聽到。

一隻粗布手套突然凌空丟了過來，不偏不倚地落在一刻頭上。

被太陽曬得火氣有點大的白髮少年立刻站起，「操！哪個王八蛋？」

「部下三號，對淑女怎麼可以用如此粗魯的招呼語？」一道軟嫩的童聲出現，「還有不要偷懶，妾身和阿冉可是很努力呢。」

一刻等人順著聲音望去，看見大樓轉角後走出一大一小兩抹身影。大的那抹是名戴著耳機的俊美少年，因爲是混血兒的關係，有著一雙異於常人的藍眼睛；小的那抹則是可愛如洋娃娃的小女孩，烏黑的髮絲在陽光底下泛著美麗的光澤。

「織女大人妳辛苦了，要不要吃點心？」尤里馬上熱情地從懷中拿出一袋小餅乾，「這是小千今天早上給我的呢。」

「又是花千穗？」一刻詫異地挑起眉，「她還眞的每天都塞吃的給你？」

「嘿嘿，小千怕我肚子餓嘛，而且我也很能吃。」尤里不好意思地笑。

一刻神情複雜，綜合昨天所見，他覺得這已不是怕人餓到的問題了，而是根本在餵豬吧！

「要吃要吃，妾身要吃！妾身剛剛可是累死了！」一見到有點心，織女的雙眼一亮，三步併作兩步地跑向尤里。

「她剛眞的做很多事？」一刻問著向自己走近的蘇冉，暗忖若眞是如此，晚餐就做得豐盛一點吧。

「很認眞，看我做事。」蘇冉這話沒有任何責備之意，只是單純地陳述一件事實。

一刻黑了臉，「靠，那不就啥都沒做嗎？」

「誰說的？妾身有努力看了呀。」織女驕傲地挺起胸，小臉蛋甚至還有些得意，「你可以問阿冉，妾身可是認眞地在盯他有沒有偷懶呢。」

「嗯。」蘇冉同意。

一刻放棄再吐槽任何事了。

「織女大人，那麼妳和蘇冉同學有發現到什麼嗎？」夏墨河將拔起的雜草扔進橘色水桶裡，笑笑地站起身，把話題導回今日的目的——他們並不是眞的要做勞動服務，而是要藉此合理地檢查這個校園，找出結界媒介的蹤跡。

只要那個結界仍在，他們不只看不見欲線，就連瘴的氣息也感應不到，五感就像被隔絕了一層厚布。

「沒有呢。」織女搖搖頭，「妾身本來就沒辦法仔細感應到什麼，得靠阿冉才行，可是阿冉也說沒發現到哪裡不對勁。」

「操場那邊的『聲音』聽起來都很正常。」蘇冉摘下他的耳機，「這裡也是。一刻，沒有雜音。」

「完全沒有嗎？」提出這問題的人是夏墨河。

蘇冉望了他一眼，點頭作爲答覆。

「看樣子，這裡的結界把許多東西都隔絕了，不讓人輕易看見或聽見。」夏墨河的眉宇間微褪笑意，「就連昨天一刻同學你們聽見的那聲警告，我猜也是對方特意放出的。」

「偏偏那名叫葛蘿的姑娘今天沒來上課。」織女抱起兩隻小胳膊，可愛的眉頭像打了結，「部下二號，你說事情眞的都和她有關嗎？她被瘴寄生了？還是她只是想找一刻麻煩？」

「喂喂，幹嘛牽拖到我身上？」一刻不悅地抗議，葛蘿的事到底與他有什麼關係？「別忘了她不只找我麻煩，連花千穗的麻煩也找了。」

說到這裡，眾人沉默，想起昨日陳筱圓說過的事。花千穗放在更衣室裡的衣物不僅被割破，置物櫃上還被人用紅字寫了「去死」，那可不是什麼單純的惡作劇。

「小千她……」尤里停下吃零食的動作，嘴巴忽然有些發苦，「她不想說到底發生了什麼事，只說沒有親眼見到，她不想去懷疑誰……她就是這樣的個性。」

「這個性也沒啥不好。」一刻拍拍尤里的腦袋，「大不了你這做鄰居的多顧著她一點。」

尤里摸摸頭，感覺出一刻是想要安慰他。他又露出傻氣的笑容，再次覺得白髮少年只是外表凶了點，其實真的是好人。

「好啦，部下一號、二號、三號，還有未來候……還有阿冉。」瞥見一刻不善的目光，織女適時改口，她拍拍小手，示意眾人看向自己，「不管怎樣，咱們就先努力把草都拔完吧……不對，是努力找出結界！妾身會用充滿關愛的目光，默默守護你們的！」

「老子可以拒絕關愛嗎？」一刻翻了翻白眼，認命地提起橘色水桶，準備朝前方的茂盛雜草移動，「對了，織女，喜鵲那傢伙啥時回來？」

身後沒有回應。

一刻轉過頭，訝異地看見小女孩悶悶地垂著臉，沒有了往常高傲的氣勢。

「……不知道。」織女揪著裙面，頭垂得低低地說，「之前都很快就回來的……夫君知道妾身的心情，總是會盡快寫好信，讓喜鵲帶回來給妾身。可是這次……難道夫君不在家嗎？所以喜鵲找不到夫君，才一直沒回來？」

織女仰起小臉，一刻吃驚地發現，那雙烏黑的眸子裡竟隱隱有一絲泫然欲泣。

「我說妳啊……」一刻故意重重地嘆了口氣，待織女看向自己，他又裝作沒好氣地說道：「妳就不會想到牛郎是正在努力寫回信嗎？說不定他想寫的事太多了，要多花時間。」

「哎？真的？」織女的眼睛漸漸亮起光芒。

「這種事自己想，別問我。」一刻揮了下手，和蘇冉走向另一邊。

織女眼中的光芒越來越熾亮，「這是一定的，沒錯！妾身可是夫君最心愛的妻子，妾身怎麼可以對夫君沒有信心？哎，一刻！等妾身一下啦！」

「墨河，一刻大哥果然是好人哪。」目送著織女撲上白髮少年，尤里認真地說道。

「我想一刻同學不會喜歡你一直發他好人卡的。」夏墨河含笑地打趣，「尤里，我去負責右邊，左邊就拜託你了。」

拍拍尤里的肩頭，夏墨河也提著水桶，往他負責的區域去了。

尤里站在原地，仰起頭，瞇眼看著蔚藍無雲的天空。他想，說不定晚些時候，天空就會出現一抹巴掌大的身影拍拍翅膀飛下，然後織女大人就會露出笑容了。

「好，加油了！」尤里對天伸伸懶腰，替自己加油打氣。當他放下雙臂時，發現大樓上好像有誰正往下看。

尤里好奇地再次仰高頭，驚喜地發現那是張熟悉的美麗臉孔。他露出開心的笑容，舉高手，用力對著坐在窗邊的花千穗揮了揮。

花千穗的眼裡浮現笑意，向來在他人眼中過於冷漠的美麗臉蛋鬆緩了線條。她不著痕跡地舉起手，裝作支住下巴地對下方那抹身影輕揮一下。

看見尤里露出了大大的笑容，花千穗只覺得心裡充斥著滿滿暖意。

直到大樓下的圓胖身影跑到另一邊，花千穗才收回視線，不再盯著窗外。

她大略巡視了教室內，這節課是自習，班上同學也都安靜地看著書，沒有誰大聲喧譁。於是她也低下頭，打算重新將注意力放到課本上，沒想到這時候從旁邊扔來了一個小紙團。

花千穗下意識地往旁看去，坐在隔壁的陳筱圓正對她露出一抹甜甜的笑，同時伸手比了比紙團。

花千穗將紙團拆開，上面可愛的字跡寫著：葛蘿今天怎麼沒來？

她轉頭往自己後方看去，那裡有個空位，桌上沒有任何物品，顯示座位主人尚未到校。

她提筆在紙上寫了一行字：不清楚，沒聽說她有請假。

遞過去的紙條沒一會兒又被塞了過來。

如果是平常上課時間，花千穗絕不會做這種事，她總是嚴以律己，不過這節課自習，這樣的做法也不會破壞安寧，所以她難得地睜隻眼閉隻眼。

在一往一來的遞送中，白紙上的字句也逐漸地一行行增加。

一定是心虛不敢來了，她昨天找的人都逃走了嘛！

幸好昨天沒有眞的出事。

什麼沒有出事？千穗妳忘記葛蘿對妳做了什麼嗎？

還不確定是否眞的是葛蘿做的。

吼！千穗妳就是不肯去懷疑人，我都在游泳池碰到她了，除了她還會有誰？

也許她只是碰巧經過。

最好那麼巧啦。好啦，我知道妳不想說這件事。千穗，妳覺得那個夏墨河怎樣？

夏墨河？不錯吧，他和尤里是朋友。

我是問感覺啦，妳不覺得他長得眞好看嗎？不知道他有沒有女朋友？

需要我幫妳問嗎？

「咦？什麼？不要啦，這樣好丟臉！」看到花千穗在紙上留的話，陳筱圓一時激動，忘記她們原本是在傳紙條，忍不住叫嚷地站起。

無數雙眼睛頓時往她身上看去。

陳筱圓紅了臉，慶幸這節課老師不在，趕緊慌慌張張地又坐了下來。

「不要啦，千穗，當面問的話總覺得……」陳筱圓沒再寫紙條，而是用氣聲說話，「這樣很不好意思耶。」

花千穗沒有學她，而是從記事本撕了張紙下來，再次提筆書寫。她將紙條遞過去。

陳筱圓睜大了眼，因爲紙上只寫著「可以用簡訊問」。

「簡訊？」陳筱圓的表情出現剎那的複雜，她咬了咬嘴唇，「妳有他的手機號碼了？才第二天耶……」

花千穗輕點著頭，她心想向夏墨河索取手機號碼，打算多問問關於尤里的事——對此，夏墨河也很爽快地應允——但是瞧見陳筱圓消沉地說了句「我再想想」後，便一副不想再多說話的模樣，她便也放棄了進一步解釋。

花千穗將髮絲撥到耳後，把心思擺回課本上，沒有注意到幾道不懷好意的目光朝她射了過來。

一開始，教室裡的確還保持著安靜的氣氛，可是漸漸地，從角落的位置逐漸有稍大的音量冒出。

花千穗抬頭，發現聲音自動平息後又垂下眼。

可是就像算好了時間一樣，花千穗一移開注意力，那些消失的聲音又再次冒了出來，而且變本加厲地變成嘻笑。

花千穗微蹙眉頭，她放下書站了起來，淡然的聲音透出超乎同齡少女的威儀。

「安靜，上課時請不要說話。」

幾名不降低音量嘻笑的少女聽見那聲警告，頓時畏縮似地停下了聲音。

可是很快地，一名少女挑釁似地瞪視回去，「班長，妳這話怎麼不對副班長說？剛最吵的人不知道是誰呢。」

「徐晚晴，妳說什麼？」陳筱圓按捺不住，氣惱地站起來，俏臉含怒，「不要把事情牽扯到別人身上，我剛那只是不小心，哪像妳們分明是故意的。」

「筱圓妳坐下，不要跟著大聲喧譁，現在還是上課時間。」花千穗伸手按上陳筱圓的肩膀，「妳是副班長。」

陳筱圓像是有些不服氣，但憶起自己在班上的職務，最後還是忍耐地坐回位子上。

見狀，方才挑釁的少女卻進一步不客氣地譏笑，「這麼乖就眞的坐下了？怪不得葛蘿說妳是花千穗的跟屁蟲，她叫妳汪的話，妳會不會也叫一聲？」

聽見這話，徐晚晴身旁的幾名少女也噗嗤地笑了出聲。

陳筱圓憤怒地漲紅臉，不等花千穗有所動作，她已經離開位子，一巴掌就要向徐晚晴揮下去。

「筱圓！」花千穗終究是眼明手快地阻止了朋友的舉動，她用力抓住她的手腕，冰冷的眼神同時向其餘人瞥去，「別太過分了。」

「我過分？是想打人的人比較過分吧？」徐晚晴不甘示弱地回嘴，「難道大小姐想偏袒妳的小跟班？」

「閉嘴！誰是小跟班？妳們這群傢伙才是葛蘿的跟屁蟲，只會跟她做一些見不得光的事！」陳筱圓使勁搶回自己的手，她沒有再動手，但是那道可愛的聲音卻吐出尖刻的話語，

「她今天還知道心虛不敢來嘛，我還以爲她連這兩字都不會寫了。」

「陳筱圓，妳才莫名其妙！沒事幹嘛扯到葛蘿身上？」這次換另一名少女不悅發難。緊接著又是另一人出聲，「誰不知道妳就是看葛蘿不順眼，不要以爲她沒來就能亂說話，管管妳那張嘴巴！」

很明顯，這群以葛蘿爲中心的少女們見不得自己的朋友被拿來說嘴。

「嗤，妳們還是叫葛蘿管管自己吧？不要因爲勾搭不到利英的學生，就專找我們出氣！」陳筱圓冷笑，「也不想想憑她那種花痴樣……！」

教室內猝然響起一道響亮的巴掌，班上原本的吵嚷化成死寂。

打人的徐晚晴錯愕地僵著臉，看著擋在陳筱圓面前的花千穗。她的手還停在半空，像是一時忘記該如何反應。

誰也沒想到花千穗會突然擋在前頭。

「啊……」陳筱圓睜大著眼，愣愣地瞪著替自己接下一掌的朋友。下一秒她猛然回過神，甜美的臉蛋因憤怒而扭曲，她朝著打人的徐晚晴撲了過去，「徐晚晴，妳怎麼敢……」

「四班究竟在吵什麼！」猛地一聲怒喝插入對話，隔壁班的男老師鐵青著臉跑進來，嚴厲的眼神在發現教室沒有教師後，立刻落至花千穗等人身上，「老師不在就可以這樣亂來嗎？班長和副班長在幹什麼？」

「很抱歉，老師，是我沒有盡好責任。」花千穗向前站出一步，朝隔壁班老師低頭致歉。

「老師，那都是因爲有人打千……」陳筱圓還沒說完，就被花千穗的眼神制止。

但就算少了幾個字，男老師也聽得出發生了什麼事，嚴厲的眼神轉而看向幾名少女。後者在發現自己被盯上時，紛紛露出倔強不服的表情。

「老師，什麼事也沒有。不好意思，吵到你上課了，我會要班上安靜點。」花千穗平淡的語氣有種氣勢，漆黑的眼瞳更是強烈地表達出她的意志，這使得男老師不得不退讓了。

「算了，妳們會安靜做自己的事就好。」他不再緊繃著一張臉，但在看向另外幾名少女時，眼神還是帶著苛責意味，「妳們幾個最好還是別太超過，多學學妳們班長，不要一天到晚只會跟著葛蘿鬼混。這裡是思薇，可不是什麼三流高中！」

拋下一頓訓斥，男老師這才回到自己的班級去。

他前腳剛走，陳筱圓便低聲開口：「千穗，對不起。我應該要冷靜點的，但我……這節課和下節課想請假，我想到保健室一趟。」

望著朋友忽然陷入無精打采的臉，花千穗沒有多問什麼，她點頭說好，卻沒注意到身後剛被隔壁班老師斥罵的幾名少女，正露出陰沉怨怒的眼神。

第八針

事情是無預警開始的。

「啊，不好意思。」

花千穗感覺到肩膀被人從後方撞了一下，接著就是一陣冰涼的感覺襲上，一股甜膩味道同時侵入鼻間。

花千穗怔了一下，下意識看向自己左半邊的制服，沾上了一大片顯眼的淡紅，而且還正漸漸擴大。

花千穗還沒反應過來發生了什麼事，一個女聲就已經慌慌張張地落下。

「眞的很不好意思，花千穗，我不是故意的……」因爲撞到花千穗而將手中果汁灑出的少女急急道歉，手忙腳亂地想從身上找衛生紙，但她的腳下突然又是一絆，還抓在手裡的半瓶果汁再次潑濺出去——不偏不倚，全落在花千穗的臉上。

冰涼的液體從那張美麗的臉蛋上滑落，淌向下頷，衣領也被沾濕，花千穗只覺一陣愕然。

「天啊！我怎麼又……我眞是笨手笨腳……」花千穗的同學懊惱不已地看著自己手中的瓶子，她咬著嘴唇，「對不起，花千穗，我太笨手笨腳了，我還是別再亂做什麼事好了。」

說到這裡，短髮少女忽地對她眨眨眼，「妳就自己處理吧，反正妳是我們班最優秀的班長嘛，大家都要多向妳學學。對了，瓶子也順便幫我丟吧，畢竟我的果汁大半都送給妳了。」

再理所當然不過地將果汁瓶放至花千穗的桌上，短髮少女便轉身離開。

教室裡其他學生也都看見了這一幕，她們就像嚇呆了般，只能怔怔地看著短髮少女走至另外幾名少女身邊——她們都是和葛蘿要好的朋友。

直到花千穗面無表情地自座位上站起，那些呆住的學生才猛然回神，匆匆跑向了花千穗。

幾個女孩圍在花千穗身邊，還有人朝明顯故意惹事的小團體怒目而視。

「顏家蓁，妳是故意的對吧？信不信我去跟……」

「跟老師打小報告嗎？我好怕喔。」被稱作「顏家蓁」的短髮少女故作驚慌，末了還給對方一個諷刺的假笑，「我就是不小心撞到花千穗的，飲料要灑我有什麼辦法。許夢芳，妳可以再裝正義一點嘛。放心好了，我會向葛蘿和她的『外校朋友』提起我們班有妳這麼一位善良的好同學。」

顏家蓁故意在其中幾個字上加重語氣。

果然，對方臉上立即閃現畏縮，表示她也聽過葛蘿外校朋友的傳聞——葛蘿在外面認識一些不良少年，聽說誰要是惹她不高興，那些人就會替她出氣。

本來圍在花千穗身旁的幾個女孩子，表情都略略地變了。她們知道那不是傳聞，因爲她們眞的見過葛蘿和一群一看就是不良少年的人走在一起。

顏家蓁得意地看著那群人的眉眼裡閃過一絲不安，誰都不想無故惹上麻煩。

圍在花千穗身旁的女孩還是伸出援手，她們遞了手帕、幫忙扔了瓶子，可她們很快就各自找了理由散開。

花千穗就像沒有發覺到那些同學的閃避，也或許她沒有放在心裡，她只是拿出自己的手帕先把臉擦乾淨才走出教室，到廁所設法將衣上的污漬弄淡。

可是，事情並沒有因爲這樣就結束。

當花千穗在上課鐘響起的前一刻回到教室時，她發現自己的課本被攤在桌面，內頁被原子筆和紅筆塗得亂七八糟。

班上其餘學生就像完全沒看見這件事般，各自做自己的事，然而只要仔細觀察，便會發現氣氛隱隱有種不自然。

花千穗轉頭問了在自己隔壁座位的一位女孩，「是誰動了我的課本？」

「咦？我、我不知道，我也是剛回位子上的。」戴著眼鏡的女孩身體震了一下，有些結巴地說，雙眼緊盯著自己桌上的書，不願和花千穗對上視線。

她以爲花千穗會再質問她，因爲白痴都看得出她在撒謊，可是她只聽見椅子被拉開的聲音。她偷偷轉過視線，瞧見花千穗穿上外套，把沾著大片污漬的制服包住，並且沉默地把被畫得亂七八糟的課本收起。

女孩不禁覺得過意不去，但也不敢告訴對方，事情是葛蘿的那群朋友做的——雖然她懷疑花千穗早就知道了。

在花千穗離開教室的那段時間裡，徐晚晴和顏家蓁等人直接對班上同學警告，這是她們和花千穗之間的事，誰多管就表示與她們作對。

女孩猶豫著自己是不是該找上那群人裡其中一個平常較有交流的同學，請對方幫忙說一下，盡量別太過分。可是……她轉念又想，萬一換她被盯上怎麼辦？

雖然花千穗是班長，很優秀、值得信賴……但是，和自己又不熟。沒錯，要是她們眞的太過分，陳筱圓一定會找老師出面的，而且花千穗也不是不會自己去找老師。

想到這裡，眼鏡女孩心中些微的罪惡感消失不見，她心安理得地把注意力投向走上講台的班導師，沒再多看花千穗一眼。

四班的導師一進到教室便板著臉，不等花千穗喊出起立、敬禮，劈頭就是針對上一堂課干擾到別班的事向班上訓斥一番。很明顯，隔壁班老師找她談論過這件事了。

接著，心情不好的班導帶著火氣要學生拿出課本，沒帶課本的直接到走廊上罰站。

當花千穗站起時，班導不由得一陣錯愕，她怎樣也沒想到向來行事完美的花千穗竟也會犯下這種錯。

花千穗一走出教室外，清楚地聽見陣陣嘲笑。她不爲所動，只是眼眸平淡地往笑聲傳出的方向掃去，隨即又收了回來，彷彿完全不放在眼裡。

那些發出嘲笑的少女們表情僵住，眼神繼而轉成憤怒。

花千穗的眼神擺明就是將她們當作笨蛋看待！

不知道自己無意的一眼加深了徐晚晴等人的怒意，花千穗的一顆心其實都繫在尤里身上。尤里會不會又餓了？早上給他的餅乾會不會很早就吃完了？

比起自己被潑灑飲料、課本被破壞，花千穗更加掛心的是自己的鄰居。

所以一撐完這節課，她提起自己替尤里做的便當，快步走向五班。

尤里和他的朋友們都還沒回到教室。

請五班的學生幫忙轉交後，渾然沒留意到對方發紅的臉以及期盼進一步攀談的姿態，花千穗轉身離開。她沒立即回到教室，而是思索著該到保健室一趟，關切陳筱圓的情況。

沒想到就在走下三樓時，花千穗忽然聽見下方樓梯間傳來她以爲今天不會聽見的聲音。

「妳們說什麼？」

那是葛蘿的聲音。花千穗一愣，原本正要下樓的腳步頓時收回。她稍稍彎低身子，從扶手間隙往下一看，赫然發現是葛蘿和徐晚晴、顏家蓁在說話。

「就是那樣啊，葛蘿，我們剛剛可是趁機替妳教訓花千穗一頓了。」全然沒發現花千穗就在樓上，徐晚晴得意洋洋地邀功。

「沒錯，那女人還被老師叫到外面罰站呢。」一旁的顏家蓁也開心幫腔，「我們讓她的課本見不得人，還用果汁不小心潑了她一身呢。」

花千穗不打算再聽下去，她轉身想從另一座樓梯下樓，避免和她們三人撞見，可她無論如何也沒想到，自己會在接下來聽見葛蘿不耐煩地說了一句「這是我的事，誰要妳們插手」。

花千穗欲抬起的腳步頓下，那張冷漠的美麗臉蛋上罕見地流露出一絲訝異。

花千穗以爲自己會聽見葛蘿誇讚朋友，她很清楚，葛蘿是眞的一點也不喜歡她。

可是，葛蘿卻說了她意料之外的話語。

感到吃驚的人不只有花千穗，徐晚晴和顏家蓁錯愕的聲音立時響起。

「爲、爲什麼要這麼說？葛蘿，妳不是討厭花千穗嗎？」

「對啊，所以我們大家才想替妳出一口氣。」

「所以我也說了，妳們幹嘛插手？」葛蘿的語氣有著顯而易見的不悅，「我討厭花千穗，我就是看她那副正經模樣不爽。但那是我跟她的事，我有叫妳們出手嗎？而且不管妳們做什麼，那女人大概表情連變也沒變吧。」

花千穗驚訝地發現自己有些想笑，葛蘿在某方面竟出乎意料地了解她。

「這倒是……」徐晚晴悶悶的說話聲傳出。

「聽好了，不准再做那些無聊的小動作。我和她的事誰都不許插手！」葛蘿向來清亮的音色中泛出狠勁，讓人被震懾而不敢反駁。

花千穗突然有些明白為何葛蘿在她的朋友間會被當作領導者。

葛蘿繼續說，「我討厭花千穗，但我更討厭有人多管閒事。妳們應該沒人和阿昭那小子打什麼小報告吧？那渾蛋昨晚好像跑去找那三個交換學生的碴。真以為頭髮剪得跟狗啃一樣，拿著球棒找了我家修車廠的幾個小弟就是不良少年了嗎？活該踢到鐵板！」

花千穗沒再繼續聽下去，畢竟這侵犯了他人隱私。她回到樓上，決定從另一側樓梯下樓。只是事情往往出乎意料。

花千穗想避開葛蘿，然而當她即將走到二樓，卻和葛蘿正面撞上。

就如字面一樣，走下樓的花千穗和準備走上樓的葛蘿撞在一塊，沒有防備的兩人頓時都站不穩，往後跌坐下去，口袋裡的手機也滑了出來。

「搞什麼，妳是走路不會看路嗎？」葛蘿按著自己發疼的前額，還沒看清對方是誰，劈頭就是一頓責罵，直到她聽見對方輕聲的道歉。

「對不起，是我沒注意。」

這聲音？葛蘿一愣，飛快地抬起頭，對方居然是自己方才正和朋友談論的花千穗。

「……真倒楣，剛來學校就看見妳。」葛蘿將本來想吐出的斥罵嚥了回去，她緊緊擰起眉頭，伸手往前摸索，抓起自己的手機，隨即提著書包站了起來，也不打算對還坐在樓梯上的花千穗伸出援手。

原本葛蘿還想去洗手間整理一下頭髮的，但現在完全沒了那份心思。她瞥了一眼包著外套的花千穗，原本想再諷刺個幾句，但她緊接著想起徐晚晴她們方才說過的話。

葛蘿抿抿嘴唇，艷麗的臉蛋閃過了一瞬的複雜，她注意到花千穗的頭髮沾著水，便從書包裡找出手帕，直接扔在花千穗的裙子上。

「拿去擦一擦。」無視花千穗微微睜大的眼眸，葛蘿沒好氣地說，「擦完也不用還我了。煩死了，弄得我連上課的心情都沒有了……大小姐，妳要記我曠課就記吧，隨便妳。」

「我沒見到妳離校，如何記妳曠課？」花千穗也撿起手機站起，看見原先要離開的葛蘿在聽見這話後訝異地轉過頭。

葛蘿幾乎以爲自己聽錯了。那不近人情、一板一眼得像尺規刻劃出來的花千穗，居然會說這種話？她直視那張雪白美麗的臉，末了才傲慢地挑起細眉，冷笑一聲，「隨妳，反正那是妳的事。」

「葛蘿，我不討厭妳。」花千穗說。

葛蘿這次卻著實地愣了愣，隨後她瞪了花千穗一眼，便頭也不回地往一樓走去。

途中她和幾名學生不小心擦碰到肩膀、手臂，她連斥罵都懶得說出口，眼角直接狠狠地一個睨視。

大部分一年級學生都知道葛蘿，而且誰也不想惹上麻煩。

葛蘿壓根不理會周遭事物，她快步走下樓梯，然後在一樓走廊停了下來。

「什麼不討厭我？莫名其妙……」葛蘿嘀咕，腦海裡一直轉著花千穗最後和她說的那一句話。她想到對方筆直、淡然，卻沒有任何虛假的視線……她皺了下眉，「確實，那女人好像也沒那麼討厭……算了，隨便啦。」

葛蘿懶得再深思下去，她提步打算離開，就在這時口袋裡的手幾忽然震動了一下，發出兩聲短促的音響，提醒她有簡訊傳來。

葛蘿掏出手機，可是當她點開螢幕的剎那，她的眼裡湧現滿滿詫異，這素色的桌面和預期見到的繽紛色彩一點也不相符。

這不是自己的手機。

這個念頭瞬間跑進葛蘿的腦海裡，她想到方才和花千穗撞在一塊兒，兩人的手機都掉了出來。難道說……

當時葛蘿根本沒仔細檢查，她也沒想到對方的手機竟和她同樣機種，一時陰錯陽差，才會誤拿。

「可惡，搞什麼呀！」葛蘿立刻大步回轉，想盡快拿回自己的手機。可是她的心中不免有點好奇，像花千穗那樣冷淡高傲的人，誰會傳簡訊給她？

好奇心一旦萌芽就難以拔除。

一邊告訴自己她只是想看寄件人是誰，不會眞的偷看簡訊內容，葛蘿一邊點下了簡訊。

這時，葛蘿的腳步倏然止住。

相貌艷麗的修長少女一動也不動地站在走廊間，雙眼瞪著手機上頭顯示出來的發訊號碼，手指用力得像是要把手機給捏碎。

那是她的號碼。

葛蘿不可能認錯，那是自己的手機號碼！

顧不得是否侵犯隱私，葛蘿飛快地點開簡訊內容，衝擊性的文字頓時讓她大腦一片空白。

「這是什麼……見鬼了……」葛蘿滿臉的不敢置信，映入她眼中的簡訊內容竟是——

徹底地給花千穗一次教訓，讓她在思薇再也抬不起頭來。　葛蘿

瞪著最後的署名，葛蘿的呼吸不自覺屏住了。怎麼可能會有這樣愚蠢的事？簡訊絕對不可能是花千穗發的，自己的手機可是上了密碼鎖！

既然如此、既然如此……爲什麼會有這條簡訊的出現？阿昭昨天去圍堵那幾個交換學生，該不會也是因爲……

葛蘿的腦袋一片混亂，她無法解釋眼前這一切，然而她的雙腳卻已不由自主地開始狂奔。

她想到一件糟糕至極的事。

如果這條簡訊也被發送到她朋友的手機裡……

「花千穗！花千穗！」葛蘿高聲喊著，想找出對方的身影，「花千穗！妳在哪……」

「妳要是多管閒事，我會傷腦筋的。」一道低啞刺耳的聲音在她身後響起。

葛蘿一震，反射性回過頭，撞入眼中的卻是一張似豬似鼠的駭人面孔。

她不禁驚恐煞白了臉，但在她尖叫之前，一對碩大漆黑的蝠翼已自兩側將她包圍，那張恐怖的臉俯了下來，從嘴裡露出的兩根利牙剎那間抵上她的脖子。

葛蘿不記得自己究竟有沒有尖叫出聲……

第九針

花千穗發現自己拿錯手機了。

她原本想撥電話給尤里，問問他們現在在校園哪處、想做的事情進行得如何了，但一打開手機，螢幕上色彩繽紛的桌布背景立刻讓她發現到這個錯誤。

花千穗沒有多想，隨即折返跑下樓梯，希望能追上葛蘿。可是就算跑到了一樓，也依然沒發現葛蘿的蹤影。她沒想到葛蘿的腳程竟然這麼快，只好收起手機，決定等明日見面再歸還。

眼見再過不久就要上課，花千穗打消了去保健室的念頭。

然而正當她走上三樓，準備再踏上通往四樓的階梯時，數隻手臂毫無預警地自後伸出，抓住了她的手、她的制服，摀上了她的嘴巴，將她連拖帶拽地硬是扯進了一旁的女廁內。

花千穗甚至還無法理解發生了什麼事，便已被人重重地推進隔間裡，門板被大力關上。

她被推得站立不穩，背部撞上了牆壁。無視那份疼痛，她馬上伸手想將廁所門推開，但門外似乎有什麼使勁地壓住門，不管她如何用力，門板頂多只開了一道縫。

「徐晚晴、顏家蓁、張心怡、王雅雯，把門打開。」見門屢推不動，花千穗向後退了一步。她的語氣冰冷、態度冷靜，沒有顯露慌亂，彷彿被關進廁所的人不是她。

即使方才發生的事令人措手不及，花千穗還是瞥見那四人——全是葛蘿要好的朋友。

可是，花千穗不認爲這是葛蘿指使的，那麼最有可能的就是……她們想私下出一口氣？

「我再說一次，把門打開。」花千穗的聲音注入了這年紀的少女不該有的威嚴。

門外只安靜了一會兒，緊接著便響起嗤之以鼻的嘲笑。

「妳說開就開嗎？花千穗，妳當我們是傻子不成？」

「反正妳都知道我們是誰了，那我們也不用裝客氣……喂，出去！這廁所現在不能用！」

「笨蛋，去把清掃中的牌子拿出來放啦！花千穗，妳放心好了，我們會好好陪妳玩的！」

少女們的咯咯笑聲此起彼落，裡頭有著掩飾不住的惡意。

下一剎那，門板上方猛然潑進一大桶水，冰冷的液體打在毫無防備的花千穗身上，令她不自覺地縮下肩膀。

第二桶水很快又潑了進來，嘩啦的水聲異常清晰，少女們的笑聲高亢惡毒，像把銳利的錐子，響徹整間廁所。

「花千穗，有沒有覺得涼一點？」

「今天太陽那麼大，我們怕妳熱著啊！」

「喂，再來啊！把另一桶水拿過來啊！」

「我們不能讓我們偉大的班長大人等太久！」

有人拍手，有人催促。

很快又是大片的冷水潑灑進來，隔間裡被弄得濕答答的。

花千穗深吸一口氣抵抗冷意，飽含濕氣的外套變得沉重，濕透的制服貼附在身體上，髮絲則不斷滴下水。

沒有第四桶水潑進來，因為廁所門驀地被人打開。少女們的手臂伸了進來，揪住花千穗的頭髮、手臂，尖利的指甲抓傷她的皮膚。

四名少女不給花千穗反抗的機會，粗暴地將她拉出來，隨即推倒在地。

「壓住她！」

「讓她不能動！」

「王八蛋，她用指甲抓我！」

花千穗不肯屈服地猛力掙扎，但她的外套還是被硬扯下，用來將她的雙手反綁在後。她整個人被壓制在地，左右兩側各有一人壓著，一人抱胸站在她面前，另一人拉下她的白襪，把她的雙腳也不客氣地纏綁住。

「妳們究竟在做什麼？」就算渾身濕淋，模樣狼狽不堪，花千穗還是使勁地抬起臉，黑眸冰冷高傲，尖銳的眼神如同利刃。

「我們在做什麼妳還不明白嗎？」徐晚晴蹲了下來，猛然抓住花千穗的頭髮，迫使她不得不更仰高臉，「我們這是在替葛蘿出氣！花千穗，葛蘿要我們好好教訓妳一頓。我就說，她果然還是回心轉意了，要我們一起……」

「葛蘿不可能做這種事！」花千穗厲聲反駁，她的言論卻讓少女們哄堂大笑。

「不可能？怎麼會不可能？葛蘿最討厭的就是妳這種人，花千穗。」

「但她絕對不會做這種小動作，她的不滿一直都是正面直衝著我來的。」花千穗眼神凌厲地直視著徐晚晴，「不要自己想動手就拿葛蘿當擋箭牌。徐晚晴，妳們在侮辱妳們的朋友！」

「閉嘴，誰會拿葛蘿當擋箭牌？我實在想不通，妳的自信從哪裡來的？妳自己看清楚上面的東西！」

一支手機猛地塞到花千穗的眼前，她睜大眼，瞳孔無意識收縮。

「看見了沒？這是葛蘿傳給我們的簡訊，『徹底地給花千穗一次教訓』。嗤，妳還當妳是葛蘿的好朋友嗎？」徐晚晴收起手機，惡狠狠地嘲笑著。

「……這絕對不可能發生的。」花千穗彷彿沒聽見對方的奚落，喃喃地低語，「那簡訊不可能會是葛蘿傳的。」

「妳夠了沒有？不要一副葛蘿是妳朋友的口氣行不行？」壓制她左半邊的顏家蓁不耐煩地說道。但是在她吐出惡意的諷刺之前，花千穗說話了。

「因爲葛蘿的手機在我身上。」

當這句話響起，所有人都愣了。她們的目光盯著被壓制在地上的黑髮少女，一時間像是沒辦法反應自己聽見了什麼。

「葛蘿的手機在我右邊口袋。王雅雯，把它拿出來。」唯有花千穗鎮靜如常，她用淡然的口氣指示壓制她右邊的圓臉少女。

王雅雯幾乎下意識地遵照她的指示行動，果然在右側口袋找到一支手機。

徐晚晴心急，一把搶過手機觀看。當她點亮螢幕的瞬間，表情卻是一片茫然，她認出這確實是葛蘿的手機。

「不可能吧？說不定只是同款式，桌布也設一樣的……」顏家蓁也靠了過來，她擺明不相信有如此荒謬的事。她掏出自己的手機，直接撥出葛蘿的手機號碼。

抓在徐晚晴手中的手機驟然響起，響亮的鈴聲在女廁裡迴盪著，同時也像是一巴掌打在四名少女的臉上。

「這、這是怎麼回事……可是我們明明就……」

「那確實是葛蘿傳來的簡訊沒錯呀！」

王雅雯和張心怡也走上前，她們茫然又驚愕地瞪著那支從花千穗身上找出來的手機。

屬於葛蘿的手機。

先前亢奮激動的情緒已經從四名少女的臉上褪下，此刻佔據著她們全副心神的，只有解不開的迷惑和震驚。

花千穗設法移動自己的雙腳，白襪沒有綁得太緊，經過她幾次掙扎便鬆開了。她試著想再掙脫將雙手反綁在背後的外套，可是下一剎那，她的動作忽然停住了。

花千穗僵住身體，她看見徐晚晴她們頸上竟出現了兩個小洞，鮮血汩汩地從裡面流出來。

但當她再次眨眼時，那嚇人的景象又消失無蹤。花千穗想到昨日在學生餐廳遇上的怪異情景，她心中浮上不安的預感。

不管雙手還被反綁住，全身又濕淋狼狽，花千穗拔腿就往橫擋著「清潔中」立牌的門口直奔而去。

一隻手臂拽住她的頭髮，將她重重地拖了回來。

花千穗失去平衡地跌坐在地板上，四名少女全都轉頭盯著她，雙眼赤紅。

「我說過會讓妳嘗到苦頭的！」沙啞又惡毒的聲音從四張嘴內同時吐出。

不待花千穗有所反應，多隻手臂猝然探向她。徐晚晴等人的情緒不自然地異樣高漲，她們咯咯地高笑、大笑，毫不留情地揪扯著花千穗的頭髮，爭先恐後地將她制服上的釦子扯開。

「放……放手！」花千穗拚命地掙動反抗，但在雙手反綁、多人壓制的情況下，所有的掙扎都是徒勞無功，甚至就連她的雙腳也被重新死死地綁起。

「好了，現在該是讓我們的班長大人出外走走的時候了。這種難得的模樣，怎麼能只有我們欣賞到呢？」

花千穗蒼白了臉，緊接著她被重重地推出廁所外。

下課時的走廊吵吵嚷嚷、熱鬧不已。

但當花千穗的身影從廁所內被粗暴地推出來後，所有笑聲、說話聲在瞬間全部凍結住了。待在教室外的女學生們呆若木雞地看著摔跌在地上的花千穗，一時間彷彿沒辦法反應究竟發生了什麼事。

巨大的屈辱和冰冷的憤怒在心裡燃燒，花千穗抬起蒼白、面無表情的臉，對著離她最近的一名女學生嘶聲說：「去找教官或老師……」

「誰敢去打小報告，就等著有這種下場！」尖銳的女聲快一步響起，徐晚晴等人走了出來，眼神凶狠，態度咄咄逼人，「除非有人想和葛蘿作對，或是有自信絕對不會被我們堵到，否則就走著瞧！」

「不要拿葛蘿的名字作威作福！她根本……」

「根本怎樣？」顏家蓁截斷了花千穗的話，在她面前蹲了下來，伸手輕拍她的臉蛋，「花千穗，妳是不是覺得這樣太無……媽的！這女人竟然咬我！」

顏家蓁驀地收回手，臉蛋扭曲，下一秒反手朝花千穗的臉頰搧了下去。

這粗暴的動作嚇住了所有旁觀的學生們。

還沒等她們反應過來，抱胸站在牆邊的徐晚晴則是冷笑，緊接著驚人的事情發生了。

原本敞開的門和窗戶猛然一扇扇關起，劇烈的聲響接二連三傳來，同時掩蓋住了教室裡傳出的驚叫和騷動。

被留在走廊上的十幾名學生們驚慌失措，下意識地想朝走廊的另一端跑去。但才剛有動作，就被一面看不見的牆壁擋住了，任憑怎麼推撞、大聲喊叫，就是無法離開這條走廊，只能眼睜睜看著樓梯間的人上上下下，彷彿全然沒注意到這裡的變異。

詭異的紅光覆上地板、天花板，就連學生們縮擠在一起的走廊底端也遭到一片血紅色的光板隔絕。

但就在下一瞬間，一聲驚恐的尖叫猛地響起，如同落雷降臨在這處封閉狂亂的空間。

「妳們在做什麼！」

所有人的動作都頓住了，她們全轉過頭，望向聲音來源處。

在沒有遭到詭異紅光封閉的走廊另一端，陳筱圓白著張臉蛋，滿臉的震驚與不敢置信，死死瞪著眾人，以及雙手雙腳都被綁住、模樣淒慘狼狽的花千穗。

那聲宛若注入一切力量的尖叫，瞬間打破了走廊裡的瘋狂氣氛。

震驚過後，那張甜美的臉蛋蒙上巨大的憤怒。陳筱圓大步經過那些人，拳頭揑緊，細瘦的肩膀壓抑不住地顫抖。

站在走廊的學生們都像是被這名少女的怒氣震懾住，誰也沒有阻止她。

陳筱圓低頭看著自己面無表情、臉色蒼白的朋友，她深深地吸了一口氣，像是要拚命壓抑自己的情緒。

「你們在搞什麼？這種難得的畫面是不會拍下來嗎？」

花千穗猛地抬頭，像是不敢相信自己聽見的話。

而就在這一剎那間，閃光已同時落至她的臉上，耳朵裡響起的是代表按下快門的卡喳聲。

花千穗怔怔地仰高臉，看著面前拿著手機，笑得一臉甜美無辜的朋友。

她的腦海在這一刻徹底空白，只有無數個爲什麼在瘋狂叫囂。

爲什麼？爲什麼？爲什麼？爲什麼？筱圓這到底是爲什麼！

「哈哈，千穗妳的表情看起來好有趣喔。」陳筱圓咯咯笑著，主動將自己拍下的照片拿給花千穗看。

在手機螢幕裡，花千穗看見表情空白的自己。

「爲……」花千穗必須用盡力氣才有辦法從緊縮的喉嚨裡擠出字，她覺得那聲音甚至一點都不像是自己的了。

「妳是想問為什麼嗎？」陳筱圓笑咪咪地蹲下來，伸手輕拍了拍花千穗的臉頰，「我還以為很簡單就猜得出來耶，千穗，因為我討厭妳嘛。」

花千穗一動也不動，只是注視著陳筱圓，彷彿連眨眼都忘了。

「欸？妳這表情是沒辦法相信嗎？」陳筱圓歪著頭，眼神無辜，「也是啦，因為我們總是在一起，感情也是最好的嘛……妳以為我會說我們感情好嗎？」

陳筱圓可愛的聲音倏地變得低啞怨毒，如同多人在同時說話。

那是花千穗在學生餐廳和游泳池聽見的聲音。

花千穗發不出聲音，冷意正一點一滴地侵蝕她的手腳。

「我怎麼可能會說這種話，婊子！」陳筱圓狠狠地捏住花千穗的臉，隨後她站起身，用著睥睨的目光居高臨下地俯視對方，「花千穗的跟屁蟲、花千穗的小跟班，除了是妳的附屬品以外，我陳筱圓從來不被誰放在眼裡，就連在場的這些白痴們也一樣！」

陳筱圓朝一旁猛力揮下手。

那些原本像是呆愣住的學生們原來不是真的呆愣住了，而是——詭異的猩紅色侵佔了她們的眼，其中徐晚晴她們的脖子上還出現冒著血的兩個血洞。

所有人就像一尊尊紅眼人偶，面無表情地望著花千穗。

「這些傢伙真的是白痴耶！尤其是這幾個，還想收手不做？」陳筱圓走到徐晚晴她們身邊，不客氣地踢了她們幾腳，「虧我還特地傳了簡訊給她們，眞是……不能更有用一點嗎？居然中途還要我出手。」

「那封簡訊……是妳傳的？」花千穗不是眞的想知道答案，只無意識地發出破碎的聲音。所有從陳筱圓口中吐露的訊息，足以讓她拼湊至今的眞相了。

可是，爲什麼？

「妳說哪一封？因爲葛蘿的那幾封簡訊，都是我傳的嘛。」陳筱圓走回花千穗面前蹲下，從口袋裡拿出一支手機。

花千穗睜大眼。那是她的手機，而她的手機明明就被……

「筱圓，妳對葛蘿做了什……」

「妳可不可以不要叫我的名字，聽了就煩。」陳筱圓甩甩剛揮出去的手，不耐煩地說道：「那個賤女人只是被我吸點血，大概死不了。誰知道呢？反正不重要嘛，妳不也討厭她？」

「……我沒有。」花千穗轉回右頰發疼的臉，聲音淡而清冷，烏黑的眸子瞬也不瞬地緊盯著陳筱圓，「我從來沒有說過我討厭葛蘿。」

陳筱圓最痛恨的就是花千穗似乎看透一切、無動於衷的眼神，她急促地吸了幾口氣。

「又來了，完美的花千穗、簡直像聖人一樣的花千穗。我被人說是妳的跟屁蟲、小跟班、部下、僕人，我做什麼都輸給妳，但妳依然維持同樣的表情。其實妳是在心裡嘲笑我，多虧我，才更加襯出妳的優秀對不對？」

「我從來不曾那樣想過。」花千穗一字一字地說。

「哈，那種事只有妳最清楚不過。不要再用那種眼神看人，不要再用那種眼神看我！」陳筱圓扭曲了臉，想將手中的手機直接砸向花千穗，最好砸掉她完美的面具。

只是高舉的手突地一滯，陳筱圓盯著花千穗，再轉頭看著那支屬於花千穗的手機。她的臉上忽然露出古怪的笑容，她收回手，用那支手機又對花千穗拍了張照，接著她說：「這麼棒的照片，也要讓尤里分享一下，對吧？」

花千穗如遭電擊，臉上若無其事的表情再也無法維持。無視自己的雙手雙腳都遭到綁縛，她用上全部力氣想衝到陳筱圓身邊，她的喉嚨發出尖銳的嘶氣。

「不會吧？千穗，妳就那麼在意尤里那個傻瓜嗎？」陳筱圓又驚又喜地大笑起來，她抓著手機往後退一步，惡意地看著在師長或其他學生眼中一直和完美劃上等號的少女，在地板上費力掙扎爬行的模樣。

花千穗沒聽見那惡毒的大笑，也像是感覺不到皮膚磨擦地板的疼痛，她的腦海裡只剩一件事——不行不行，絕對不能讓尤里看見自己這個樣子！

花千穗長髮凌亂，美麗的臉孔蒼白得嚇人，唯有那雙眼睛裡翻騰著淒厲熠亮的火焰。

陳筱圓吃驚地睜大眼，隨即樂不可支地笑著，「騙人、騙人，完美的花千穗竟然喜歡尤里？天啊，這眞是驚人的消息。既然這樣，那當然一定要傳給尤里看嘛！」

陳筱圓說完馬上行動，她飛快地從通訊錄裡找到尤里的電話號碼，滿懷期待地夾帶檔案。正當她得意洋洋地準備按下發送，她的小腿驀地傳來疼痛。

綁著短馬尾的少女驚詫地低下頭，花千穗居然咬上她的腳！

「好痛！千穗妳放開……花千穗妳這賤貨給我放開！」陳筱圓氣惱地對著花千穗又踢又踹，但是花千穗就像發狠似地，就是不肯鬆口。她的嘴巴裡嘗到血腥味，她的雙眼尖銳狠戾。那已不是少女的眼神，而是宛若立誓保護幼崽的凶狠雌獸。

「該死的，好痛！」陳筱圓尖叫，「混帳、混帳，妳竟然害我按到取消了！」

花千穗沒有漏聽「取消」兩個字，她不禁鬆了牙齒的勁道，不在乎口腔裡的血腥味，她抬起頭，眼神中隱含一絲欣喜。

陳筱圓趁機和花千穗拉開距離。她重重地喘著氣，蹲下身，按著小腿上的傷口，那裡被咬出一圈見血的齒痕。

「可惡，妳竟然眞的害我按到取消了……」陳筱圓咬牙切齒地嚷著，下一秒她的表情忽然又是一變，她聳聳肩膀，吐吐舌頭，說，「白痴，妳以爲我會這麼說嗎？」

花千穗已經聽不見任何聲音了。她的身體僵住，血液像是全部凝結，她眼裡只有手機螢幕上那五個字。

已發送成功

已發送成功已發送成功已發送成功已發送成功已發送成功

所有的溫度瞬間從四肢百骸退去，前所未有的憎恨絕望宛若排山倒海襲來。花千穗難以呼吸、無法呼吸，她的喉嚨緊縮，體內如烈火焚灼。

「陳筱圓……」她的聲音像巴不得想殺死那人，她是眞的想殺死那個人，「陳筱圓——」

花千穗再也忍不住，她紅了眼，漫天恨意噴發而出，同時她的胸口有什麼正急速增長。

陳筱圓的微笑凍在臉上，她看見少女的胸口瘋狂長出黑線，她知道那是什麼。

她看見欲線具現。

下一剎那，瘋狂的黑暗自花千穗的身下瘋狂暴衝。

第十針

「小千？」

尤里忽然停下拔草的動作，他站起身，覺得自己彷彿聽見了花千穗的聲音。

「尤里，怎麼了嗎？」剛好在他身旁的夏墨河注意到，不禁關切地問。

「不，只是覺得好像聽見小千的聲音……」尤里搔搔腦袋，隨即露出傻氣的笑，「哈哈，大概是我想太多了，小千不在這裡嘛。」

「沒錯，部下一號，你一定是想太多了，但妾身可以明白，思念就是一種惱人的小玩意哪。」織女雙手扠腰，轉身對著尤里和夏墨河的方向說道：「不過明白歸明白，不代表妾身允許你們偷懶。好了，快點做你們該做的工……好痛！一刻你怎麼打妾身的腦袋？」

「只會『看』人工作的傢伙有資格說這句話嗎？啊？」一刻甩甩手，眼角吊高，對一副趾高氣揚模樣的小女孩直接扔出鄙夷的視線，「織女，妳也過來幫蘇冉。夏墨河，那邊就交給你了。尤里，不要再顧著拔草，我們的工作不是拔這些他媽的草，而是趕緊找到那見鬼的破爛結界！」

瞧見尤里恍然大悟後又露出憨傻笑容的模樣，一刻頓時連發火的力氣也沒了。

白髮少年無力地耙梳一下自己的頭髮，將目光重新調回自己的青梅竹馬身上。

爲了能不錯漏異聲，看能否藉此找出圍住這所學校的結界媒介，蘇冉連耳機都收起來了。

在一年級大樓前搜尋未果後，假借勞動服務名義的一刻等人決定換個位置，改到中庭附近的走道調查。

至今爲止，他們已經找過近四分之一的校園，但得到的都是令人失望的結果。而現在在這條走道周圍，蘇冉終於捕捉到一絲異樣。他聽見如同小幅度振動的嗡嗡聲，那聲音相當細小，幾乎一不留神就會被忽略，難以判斷它究竟來自何方。

在蘇冉聽來，那嗡嗡聲簡直像充盈在四面八方。

雖然不像蘇冉具備聽見異聲的能力，不過一刻和夏墨河仍設法試圖找出不該出現在校園裡的突兀存在。

因爲那很有可能就是結界的媒介！

瞥了一眼沒再瞎忙著拔草、但明顯還是有些心不在焉的尤里，一刻想了想，伸手拍了下蘇冉的肩膀。

蘇冉停下檢視第二根燈柱的動作，轉過頭，藍色的眼睛無聲地傳遞出詢問。

「你剛有聽見花千穗的聲音嗎？」一刻問道。

不管是不是錯覺，凡是「聽力」上的事，知道只要問蘇冉就對了。

即使不知一刻的用意，蘇冉還是安靜地搖搖頭。

知道事情始末的夏墨河卻是微笑著，他拍拍尤里的背，「尤里，這樣你安心點了吧？蘇冉同學說了，沒聽見花千穗同學的聲音。」

「那應該是太陽曬久，才聽錯了吧？」尤里哪會不明白一刻的用意，他滿懷感激，眸內更是閃動著感動的光彩，「一刻大哥，眞的很謝謝你。」

「切，我又不是幫你，我只是隨口問問蘇冉。喂，織女，妳沒事在那邊竊笑個什麼勁？」一刻沒好氣地怒瞪了小手掩著唇、肩膀微微一顫的織女。

「哎？沒啊，妾身才沒有竊笑呢，妾身可是光明正大地笑。」織女鬆開摀著嘴的小手，大大方方地露齒一笑，態度異常地坦率爽朗，反而讓一刻覺得刺眼。

嘖了一聲，一刻決定不管織女了。

織女當然不會告訴一刻，她是想到蘇染的話。

「一刻只要害羞、難爲情，都會找別的話題逃避原話題。」

哎，部下三號眞是個溫柔的人。想到這裡，織女又喜孜孜地跟在一刻後面，像條甩不掉的小尾巴跟著轉，也不管對方的目光有多凶惡。

看見這一幕的尤里和夏墨河不禁都有些想笑，那畫面雖說不協調，卻又令人感到可愛。

「尤里，這排燈柱就拜託你和一刻同學了，我從另一邊找起。」夏墨河溫和說道。

尤里點點頭，快步跑至一刻左手邊，希望能盡早找出目標。

只是就在尤里剛彎身，雙眼湊向燈柱的時候，他感覺到口袋裡的手機忽然傳來一陣震動，還有兩聲表示收到簡訊的嗶嗶聲。

誰傳的簡訊？他伸手探向口袋，好奇地將手機點開，發現寄件者掛著花千穗的名字。

「小千？」尤里不假思索點開簡訊內容，不知道自己將會見到一輩子都不想見到的畫面。

簡訊開啓，尤里圓胖的臉龐褪去血色，他覺得胃部好像一口氣被人塞入亂七八糟的東西。

照片裡是他從沒見過的花千穗的狼狽模樣。

尤里用力抽氣，抓著手機的手指顫抖著。

「尤里？」一刻瞄見尤里盯著手機不動的模樣，不免納悶，「花千穗傳什麼給你？又是問你餓不餓嗎？」

一開始，一刻是以開玩笑的心情說這話的，可是很快他就發覺到尤里的表情不太對。

那名男孩竟然死死地咬著牙關，彷彿不這樣做，他的牙齒便會忍不住卡卡打顫。

「喂，尤里！」驚覺到事情不對勁，一刻連忙一把抓住尤里的手臂。然而手指一碰到對方，對方立刻像受到極大驚嚇般，身體一震，反射性將手機闔上。

「你是收到了什麼奇怪的東西不成？」一刻緊皺眉頭，視線頓時落到尤里的手機上，「讓我……」

「不行！絕對不行！誰都不能看！」沒想到尤里的反應出乎意料地激動，他劇烈地搖著頭，緊緊抓著手機不放，「對不起，一刻大哥，但我必須去找小千……一定得去找她！」

「花千穗同學發生了什麼事嗎？」夏墨河迅速找到問題重點，目露擔憂。

尤里不說話，只是用力地抿著嘴，不斷搖頭。

「部下一號，到底是怎麼了？你的手機有什麼東西嗎？就讓妾身……」

「就算是織女大人也不行！」尤里第一次用這種近乎無禮的態度急促地打斷織女的話。

織女錯愕地睜大眼睛。

一刻飛快地看向狀況不對的尤里，再看向夏墨河，後者緊鎖眉頭，對他微微點頭。

一刻會意，不待尤里反應過來，他已強硬地扯住他的領子，「我們走！」

「一、一刻大哥？」

「閉嘴，你不是要去找花千穗嗎？還不快走！」

「對，但、但是……」

「尤里，結界的事交給我們，你快和一刻同學去吧。有他在，若有麻煩也好處理。」夏墨河催促道。

尤里呆了呆，緊接著立刻點頭，反拉著一刻，大步地向著一年級大樓跑去。

沒想到剛衝出幾步，身後便傳來蘇冉的聲音。

「找到了。」

聞言，尤里和一刻也不禁回過頭，看著藍眼睛的少年從一根燈柱前側過臉，手指還貼在燈柱的某一處位置上。

「找到了？在哪裡？在哪裡？阿冉，你快告訴妾身啊！」織女性子急，趕緊撲了上去，在燈柱前不停轉著圈，想找出究竟有哪裡不對勁。

「建造日期那裡有奇怪的東西在，不確定是否眞的和結界有關。」蘇冉移開手掌，讓眾人看得更清楚。

光滑筆直的燈柱上，確實有個位置刻著一排數字。

但是大夥對於「數字裡有奇怪的東西在」一事，依舊感到一頭霧水。

夏墨河的腦子動得最快，他一個箭步上前，仿效蘇冉方才的動作，將手指貼上那排往內刻下的數字。

一摸之下，夏墨河的眼神頓時一凜。那些凹痕裡面，居然又有更細微的紋路！

夏墨河迅速地從自己的口袋內掏出某樣東西。

織女驚奇地睜大眼，那竟是一個香蕉造型的收納小盒子，裡面塞著指甲剪和磨指甲用的銼刀。

夏墨河取出銼刀，毫不猶豫地就先往那排暗藏玄機的數字劃下。

當一道清晰可見的刮痕浮現在數字中央的瞬間，蘇冉立即抬起頭，雙眼盯著空無一物的天空。他聽見了類似玻璃碎裂的聲音。

夏墨河什麼都沒聽到，他深吸一口氣，這次加重勁道地直接徹底破壞第一個數字。

下一剎那，所有人的表情都變了。

蘇冉完全站起身，第二聲的碎裂聲越發響亮。

一刻、尤里、夏墨河卻是緊瞪著同一個方向——有瘴的氣息。是從一年級大樓裡傳來的！

「這……這是怎麼回事？」織女微弱又帶著點不敢置信的聲音響起，可她卻不是看向一年級大樓，而是死命地瞪著遭到破壞的結界設置點，「這結界，不是瘴設的……」

「織女大人？」夏墨河沒有漏聽這極為重要的一句話，「這是什麼意思？難道有第三者和瘴聯手嗎？」

「妾身不知道，可是可是……那串符紋裡有妖氣和仙氣的反應！」織女小臉微白，尖聲喊出教人大感震驚的話語。

一刻等人不禁呆然。若是妖氣還好解釋，那想必就是瘴自己留下的。但是那股仙氣……

「喂，那是指神仙的氣吧？」一刻難以置信，他乾巴巴地說，「為什麼這兩種會……」

「妾身不知道，但妾身絕對會查出來！」織女的眼中泛起強硬銳利的光芒，強大的威壓更是從她周身散發出來。不待旁人再詢問，她小手一揮，凜冽的雙眼掃向一刻和尤里。

「部下一號、部下三號，此事你們暫時不要管。部下二號，張開結界，然後繼續尋找剩下的設置點。現在，快去做你們該做的事，此為妾身的最高命令！」

就算心裡掛意著爲何會出現仙氣與妖氣融合的結界，一刻也知道事有輕重緩急，此刻的第一要務就是找到花千穗和瘴！

「尤里，老子要節省時間了。」一刻說。

「咦？什、什麼？」尤里的心中浮起不祥的預感，但還沒完全意會過來，一刻已經依言採取行動了。

「我宮一刻，發誓對織女奉獻出真心忠誠，在此說出我願意。」

話聲落下的同時，白髮少年的左手無名指也現出橘光，一圈如同刺青的奇異花紋瞬間浮上。沒有浪費時間，他大手一抓，拽著尤里的衣領，以迅雷不及掩耳的速度飛躍竄起。

尤里唯一能做的事就是慘叫。

在發揮神使力量的情況下，一刻抓著尤里從中庭趕到一年級大樓，只花了極短的時間，然而中途他們所見的景象，卻令他們驚疑不已。

原本一刻並沒有打算特意隱藏自己的行蹤，即使被人撞見了，只要消滅瘴之後，那些存在人們記憶中的相關部分就會消除。

可沒想到一出中庭，映入眼中的卻是眾多身影橫倒在地面的畫面。

那些學生們就像是被某種外在力量強制切斷意識，一個個昏迷不醒、毫無動靜。

一刻的眼神變得狠戾。

到了一年級大樓的一樓樓梯口，一刻暫時打住了身勢。他放下尤里，讓那名不斷慘叫連連的可憐小胖子先緩上一口氣。不過尤里僅僅只喘了一口氣、嚥了一大口口水後，便急促地反抓住一刻的手臂。

「一、一刻大哥……」就算聲音因為剛才的高速移動而微顫，尤里的語氣依舊堅定，「速度再快點也沒關係，就、就拜託你了！」

一刻點點頭，伸手又要抓住尤里的領子，然而他的視線卻突然被倒在樓梯中的女學生們引去。

一刻的眼一瞇，抓著尤里直接往上踩了好幾級階梯，想要看清楚那些落在少女們身上的東西。

然而一旦湊近觀看，不單是一刻，尤里也忍不住抽了口氣，一臉震驚。

那些細小如拇指般的東西，外觀毫不起眼，顏色偏灰、表面有突起，就如同某種植物剛長出的枝芽。

但問題是，那些枝芽並不是真的落在少女們身上，而是從她們的皮膚底下鑽出！

「幹！這又是什麼鬼東西？」一刻下意識地伸手觸碰那些詭異的灰色枝芽，想拔起卻發現它們緊緊連在少女的身體上，讓他不敢貿然動手，萬一一拔起就是一個血洞該怎麼辦？

「一刻大哥，你看那邊！」尤里的目光一落至更前端，立刻慌張地抓著一刻大叫。

順著尤里指的方向望去，一刻不禁驚愕地張開嘴。

那是花苞。

一名趴在樓梯間的少女背上，其枝芽頂端居然長著一個青白色的花苞。

一刻猛然一激靈，該不會全部的學生都……

「小千……小千！」尤里似乎也想到同樣的事，他面色一白，不再逗留地，拔腿就往樓上衝。

一刻愣了一秒，隨即也大步跨出。

或許因急於想見到花千穗的關係，尤里發揮潛能，以異於往常的速度接近跌撞地拚命狂奔著，不斷高喊著花千穗的名字。

然而不管是一樓還是二樓，全都可以見到身上長了枝芽、冒出花苞，甚至開出青白色花朵的學生。

「小千！」當尤里跑至三樓，一踏出樓梯後，映入眼中的衝擊景象瞬間讓他雙腿乏力地一軟，一屁股跌坐在地面上。

「尤里！」追在後方的一刻將這一幕看眼裡，趕緊一口氣跨越數級階梯，一個箭步衝到了三樓的走廊另一端。

宮一刻也呆住了。

長長的走廊上橫躺著近十名男女，他們身上全都長著點點枝芽。而在這些人之中，卻有兩人直挺挺地站立著。

不，一刻甚至不知道「他們」是不是還能被稱爲人了。

背對著一刻他們方向的，是一隻體覆黑毛、背長蝠翼的怪異生物。即使那生物沒有回頭，一刻也猜得出對方長著一張似豬似鼠的醜陋臉孔。

那就是當日逃過他們追殺的那隻瘴。

可是現在一刻卻沒有因爲發現目標而感到精神一振。他和尤里一樣，死死盯住那抹正對著他們的身影，無法移開視線。

那抹身影似人非人，擁有著人類的臉孔和體態，但半邊身體卻由花組成，一頭墨綠鬈髮長至曳地，手腳則如同枯木構成。

「啊……」尤里顫顫地吐出聲音，他感到難以呼吸，全部的情緒都堵塞在他的喉頭處。

爲什麼事情會變成這樣？爲什麼事情會變成這樣？

「小千！」尤里絕望地哀號出聲，聲音如同號哭。

在那張被花朵侵佔半邊的臉孔上，另外的半邊赫然就是花千穗的臉！

外貌異變的花千穗彷彿沒有聽見尤里的悲喊，只是閉著眼，一動也不動地佇立在倒地的人群中。

反倒是一刻他們一直追捕的蝠翼妖怪轉過身，醜陋的面孔上露出大大的笑容。

「神使，不是叫你們別多管閒事嗎？」下一剎那，那道低啞刺耳的嗓音轉爲甜美可愛，「嘿，尤里，喜歡我寄給你的照片嗎？那可是難得見到的千穗唷。」

尤里如遭電擊，他簡直不敢相信。

「筱……筱圓！」下一秒，尤里雙目暴睜，像是發瘋似地從地面跳起。也不管站在面前的是不是瘴，他大力抓住對方的手臂，向來傻氣的面孔如今卻是整個扭曲，「爲什麼，爲什麼妳會寄那張照片過來！」

尤里分不清楚自己是在質問，亦或是像一隻野犬淒厲嗥叫了。

「那是妳做的嗎？筱圓，是妳對千穗做出那種……」只要一憶起手機裡那張照片，尤里不禁發出痛苦的哽咽，「做出那種事的嗎！」

「你很煩耶，憑什麼抓著我不放？」蝠翼妖怪，或者該稱爲陳筱圓，她的手臂隨意一揮，異於人類的力氣當下將尤里甩了出去。

「尤里！」一刻眼明手快，及時抓下尤里，不讓自己的同伴撞向窗戶，摔出三樓。

放下無法抑制顫抖、大口呼吸的尤里，一刻嚴厲望向陳筱圓，這個理應是花千穗最要好的朋友。

「妳對花千穗做了什麼事？她不是妳最好的朋友嗎？」

「做了什麼事？我做了很多事，不過最精彩的，你可以問問尤里，看他願不願意和你分享。」陳筱圓咯咯笑著，像是沒看到尤里滿是憤怒的目光。她身體表面的黑毛開始消失，臉孔和體型也逐漸回復原狀，最後只剩下背上的黑色薄翅還保留著。

她瞥了一眼至今仍無反應的花千穗，輕蔑地一笑，接著換上可愛的笑容面向一刻和尤里。

「喔，也許之後你在網路也看得到，我已特地幫千穗將照片貼到交友網站，結果迴響超熱烈的呢。」陳筱圓有些得意地吐吐舌頭，從口袋裡拿出一支響個不停的手機扔給一刻他們。

一刻沒有多想，飛快接住手機，但隨即被尤里搶過。

尤里動作極快地按下通話鍵，也不知道聽見了什麼，下一秒他便臉色慘白地切掉電話。手機才安靜一會，立即又再次鈴聲大作。

尤里沒有再接起，他瞪著手中的手機，就像在看毒蛇猛獸。

一刻乾脆奪過手機，但他沒有接通電話，而是點開了螢幕上的訊息通知。不知爲何，花千穗的手機竟收到高達三、四十封的簡訊。

一刻隨便點開一封，映入眼中的下流話語頓時讓他鐵青著一張臉。就算沒見到陳筱圓貼的照片，一刻也猜得出一二。

正當一刻想直接關機，尤里忽然又搶回手機。他無視鈴聲仍然大作，使勁地將手機丟到地上用力踩踏。

「欸？你們不再多聽聽電話或多看看簡訊嗎？」陳筱圓惋惜地嚷道。

尤里猝然抬頭，蒼白的臉上淨是猙獰，「妳怎能做出這種事？小千一直當妳是好朋友！」

「好朋友？她當我是朋友，我就活該一輩子被人看作是花千穗的跟屁蟲嗎？」那可愛的聲音猛地滲入怨毒，「你只不過是個沒用的胖子，就算你是千穗的鄰居，也不會有人拿你和她作比較，因爲連比的價值都沒有！」

「但是我呢？一直以來我都被當成她的部下、跟班，大家只記得花千穗，誰會記得陳筱圓？就連我爸也一樣，開口閉口都是千穗多好多優秀，要我多向千穗學習。千穗千穗千穗，憑什麼我得活在花千穗的陰影之下！」

「妳就只是爲了這種事……」尤里艱澀地開口。

陳筱圓冷笑，「這種事？那你們幹嘛要爲照片的事生氣？那也是無聊到不行的小事呀。花千穗有少塊肉、還是缺手缺腳嗎？沒有嘛！」

「我聽妳在靠么！」一刻火大地回嘴，「從頭到尾就只是妳這女人在自怨自艾，妳他媽的眞以爲自己是悲劇女主角嗎？全世界就妳最不幸嗎？」

「我本來就很不幸，這都是因爲花千穗的關係！」陳筱圓恨恨地說道：「你們誰也無法了解這種感受！」

「老子沒興趣，也不打算了解。」一刻以蔑視的眼神迎視回去。

那眼神令陳筱圓氣得發抖，但她很快強迫自己將那份情緒壓了下去，她展顏一笑，「不過也要多虧千穗，我才會獲得力量。」

一刻沒有馬上回話，他怔怔地瞪著陳筱圓的肩膀，就連尤里一時間也像是忘卻了憤怒。

在兩人驚愕的目光中，陳筱圓的右肩漸漸隆起，起初像是一團肉瘤，但那團肉瘤很快就脹大，同時在蠕動中塑出形體，形成一顆擁有似豬似鼠臉孔的腦袋。

此刻的陳筱圓，看起來就是──怪物。

「小丫頭的欲望強大。」刺耳的聲音說。

「我要花千穗比我更痛苦。」可愛的聲音說。

「神使快滾開。」

「誰都不准妨礙我。」

「沒用的小神使快回家找媽媽喝奶吧。」

「嘿，尤里，你知道我爲什麼要特地將照片給你嗎？」

「欲望存在，吾等永不滅！」

「因爲千穗她喜歡你啊！哈哈哈哈哈！」

怪物的頭顱和少女的頭顱同時大笑，笑聲在整條走廊間迴盪不休。

尤里呆若木雞，彷彿一時間沒辦法理解自己聽見了什麼。

一刻卻是繃緊了身體，因爲他看見花千穗張開眼了。

那是一隻鮮紅如血的眼。

第十一針

一開始，陳筱圓完全沒發現異樣，直到她肩上的另一顆腦袋發出一聲警告的尖喊。

「是吾同胞的氣！吾的同胞要醒過來了！」

陳筱圓驀然回身，看見一直毫無反應的花千穗竟已睜開猩紅的眼，同時那些倒在她身邊的學生身上也紛紛發生異變。

灰色的植物枝芽瞬間加粗增長，密攏的花苞從頂端以及表面突起上冒出，轉眼便盛開出一朵又一朵的青白色花朵。

不僅如此，花朵中竟又開出花，層層疊疊，瘋狂而又絢爛。

只不過幾個眨眼的時間，倒在花千穗腳邊的學生已經看不見身影，被麻密的青白色花朵完全遮埋住。

花朵沒有因此停止綻放，就像是受到某種無聲的催促，青白花海飛快蔓延，大花小花伸展厚實花瓣，花中花疊繞繚亂，就連離花千穗較遠的學生沒一會兒也被淹沒在花海之下。

很快地，整座走廊就被這妖異的光景給佔領。

「小千！小千！」尤里大叫著花千穗的名字，然而那名半妖半人的少女就像是聽不見他的呼喚，僅用著一隻鮮紅色的眼睛望著陳筱圓。

陳筱圓愣了愣，隨後不屑地勾起笑，「什麼啊，只是弄出一大片花而已嗎？這種只有外表漂亮的東西能做什麼？千穗，妳這麼沒用的話……倒不如直接讓我吃了，接收妳的力量！」

陳筱圓背後的蝠翼倏然張開，她咯咯高笑，身體裡瞬間鑽冒出無數紅眼黑蝙蝠。那些小蝙蝠們發出嘶嘶的怪叫，拍動翅膀，宛若一陣黑色旋風撲擊向花千穗。

但是駭人的事發生了。

眼看已經有小蝙蝠要咬上花千穗，她腳下的青白花朵竟在剎那間瘋狂竄高，花心憑空裂開一張長滿利齒的嘴。

還沒眞正飛近花千穗，所有蝙蝠就已被那些竄高的花咬得支離破碎，血肉一團團地直墜在花海上。

陳筱圓臉上的得意表情瞬間凝住。

花千穗的視線離開那些變成碎屑的蝙蝠，再次瞥向陳筱圓。

「幹，不妙了……」卻是一刻喃喃開口。他是打架打慣了的人，再細微的敵意、殺氣都能敏銳感覺到，而在花千穗冷淡的視線下，他感受到的是滔天的殺意。

花千穗是眞的想將陳筱圓碎屍萬段！

「一刻大哥？」

「尤里閃開！」沒時間回答尤里的問題，一刻長臂一伸，在那些長著利齒的花瘋狂撲來之前，抓住尤里的領子，猛地將他和自己往旁邊一帶。但是當一刻的背撞上後方牆壁的瞬間，他猛然想起還有陳筱圓。

萬一讓她反被花千穗吞噬，那就不妙了……瘴一旦吞噬了瘴，力量只會變得更強大！

白髮少年迅速抬頭，卻已經來不及出手攔阻。

那些張著大嘴、長有利齒的青白妖花就要撲咬至陳筱圓身上。

而就在千鈞一髮之際，走廊裡響起玻璃碎裂的聲響。

一刻、尤里尚不知發生什麼事，無數潔白絲線便已從他們的頭頂飛越而過，迅速地纏縛上陳筱圓的身子。不等妖花湧上，那些白線已經將陳筱圓扯拽至窗外，所有張牙舞爪的妖花只能撲了個空。

一刻立刻扭頭，看見窗外樹上佇立著一抹人影——夏墨河手纏白線，靈活操控。

但一刻的安心卻只有瞬間，他的耳邊隨即聽見尤里緊張尖銳的抽氣聲。

「一刻大哥！」

一刻回頭，頓時罵出了髒話。那些撲空的妖花轉移目標，變成鎖定他們而來！

一刻沒有多想，直接提起尤里，從被白線刺穿玻璃的窗口飛躍出去。

那些妖花果然緊追而來，灰色根莖不斷伸長，眾多大大小小的青白色花朵湧出窗外，為首的幾朵居然花中又開了花，朵朵相連，藉此快速逼近半空中的一刻和尤里。

一刻自眼角瞥見離他最近的一朵花猛然脹大，那嘴巴大得像能將他們兩人一口吞掉。

「指令，戰鬥。」一刻的左手無名指上驀然浮騰出一圈橘光，光紋脫離，眨眼間擴散拆解，再組構成螺旋狀。

「開始！」當這不到一秒的過程完成，一刻立即伸手探向螺旋中心。然而他才剛握住自己的武器，身後已有一股強悍的風壓逼來。

一刻愕然睜大眼，納入眼中的是另一抹敏捷身影持刀斬向妖花的光景。鮮紅色長刀在藍天下有種妖異的怵目，鋒利無比的刀鋒當頭將一刻身後的妖花全數斬落。

大大小小的青白色花朵往下方飄落，失去妖花的灰色枝幹「咻」地一聲往窗內竄回。

「一刻同學、尤里！」樹上的夏墨河突地解開指上白線，大量的潔白絲線脫離陳筱圓的身體，改在空中變換形態、層疊交織，剎那間便形成了一張碩大堅固的白網，一刻抓著尤里穩穩立在其上。

發覺到擺脫身上束縛的陳筱圓則是大喜，背後雙翅馬上一拍振，試圖轉身飛離。只不過她剛一有動作，就感覺到自己的頭髮被人一把拽扯住，那力道毫不客氣，猛地就將她向下扯，扔摔到下方的白網上。

陳筱圓的身體在白網上彈震了幾下，還沒撐起身體，眼角已斜掠過一抹血紅，背上也遭到重重的踩踏。

陳筱圓屏住呼吸，一時不敢動彈，只能驚慄地瞪著緊貼自己臉頰的赤艷長刀。

陳筱圓慢慢地轉動眼睛，肩胛上另一顆醜陋頭顱率先震驚嘶吼，「爲什麼有第四個神使？

不是只有三個人嗎！」

拿刀威嚇住陳筱圓的不是一刻、不是尤里，更不是夏墨河，而是——蘇冉。

安靜少言的藍眼少年佇立在陳筱圓身旁，一手持刀抵住她的臉頰，一腳重重踩踏在她的背脊上，不讓她有掙脫逃跑的機會。

在少年的左半邊臉上，有著鮮紅的奇異圖紋。

神紋，神明使者的證明。

「說那什麼話？人世中當然不只妾身一位神明，神使自然也不會只有妳眼前看到的，他們是妾身的部下一號、二號、三號。噢，阿冉是妾身的未來部下候補。」

當這道嬌嫩的小女孩聲音出現時，陳筱圓滿臉錯愕，她瞪著緩緩自空中落在白網上的玲瓏身影。

來者是名陌生的小女孩，細眉大眼，身上穿著滾邊小洋裝，模樣極爲可愛，但是她的口中卻說著怪異的自稱詞。

「是誰？」

「是討厭的味道，是仙氣！」

「妳是誰？」

「自以爲是正義的神滾開！」

少女的頭顱和妖怪的頭顱大叫出聲。

「哎？這次是共生型的嗎？」無視那尖銳的吼叫，織女雙手扠腰，若有所思地打量著對方。

「共生型？那又是什麼鬼東西？」一刻放開尤里，提著白針走近，「還有妳是要人說多少次，不要他媽的把蘇冉當成妳部下，他身上的神力再怎麼說也不是妳給的。」

這就是爲什麼夏墨河當初會選擇蘇冉當第三位交換學生。

除了具備靈感，能夠「聽得見」之外，蘇冉和他們一樣，身上都擁有神紋。只是他的神紋不是織女賦予的，而是源自於守護利英高中的兩頭石獅之一。

這兩頭石獅負責鎭壓存在於利英高中裡的亡靈，之後爲了平復江言一引發的瘴靈融合，犧牲自身，剩餘的神力則全數留給當時出借身體讓牠們使用的蘇氏姊弟。

「眞是的，一刻，石獅可也是吾等神明在人間的使者，既然阿冉繼承了牠們的力量，當然也是妾身的使者嘛。」織女得意洋洋地昂起下巴。

「聽妳放屁。」一刻則是乾脆回了這一句。

「我想，現在不是研究誰是誰使者的問題。」張開白網的夏墨河也走近，不時分心覷著那些散落在地面的青白色花朵和其他趴著不動的學生，「織女大人，妳剛說的共生型是？」

「就像字面上說的，共生的瘴和人類。」織女伸手比著陳筱圓，烏黑的大眼沒顯露同情或憐憫，「這姑娘知道自己的體內有瘴。她的意識清醒，分享自己的身體給瘴使用；另外還有一種是寄生侵略型，江言一碰上的就是這種，瘴會奪取宿主的一切，而這過程中，宿主大多不會有所感覺。」

「意思就是說……筱圓妳明明知道瘴的存在，還借他使用身體，傷害無辜的人嗎？」尤里睜大眼，彷彿第一次眞正認識對方。

「我只是吸了她們一點血當食物，她們有死嗎？沒有嘛。這種不重要的小事，也值得你們生氣？」陳筱圓嗤笑，「你們爲什麼不去怪千穗？可是她把學校弄成這樣的呢。」

「但小千不是自願這麼做的！」尤里高聲喊道，下一秒他的聲音又轉爲乾澀，「小千她根本就不是……」

「所以她就一點都沒錯？不對，錯根本全在她身上！如果不是她，我也不會變成這樣。」陳筱圓可愛的聲音滲入怨毒，「如果不是她，我不用吸人血、不用和妖怪共用身體，也不用使出那些手段來對付她。你們說，不是她的錯會是誰的錯？」

「沒錯，是花千穗那婊子害的！」似豬似鼠的腦袋惡毒大笑。

「我聽妳在鬼扯！」一刻火大得聽不下去，但是在他有所行動前，一隻嫩白的小手舉起，擋在他身前。

「妾身不是很明白妳在說什麼，但妾身確實知道一切都是妳自己『願意』去做的。妳造了因，終將承受果。」織女淡淡說道：「現在，妾身有一事要先問妳。這學校的結界是何人所設？」

「我不會告訴妳的，我為什麼要告訴妳這討厭的小鬼！」陳筱圓嘲諷大笑，肩上的另一顆頭顱猝然離體竄起，咧開血盆大口，便朝蘇冉咬去。

蘇冉反應快速，瞬間揚刀橫斬，沒想到那顆醜陋的頭顱頓時散化成無數隻黑色蝙蝠。與此同時，陳筱圓的身軀也不復存在，大量的黑蝙蝠呼啦啦地飛湧向地面，轉眼間又全數聚合，重新顯現出短馬尾少女的姿態。

這變化來得太突然，竟沒人來得及攔下陳筱圓。

驚愕過後，一刻提針第一個衝下去，但夏墨河卻猛然抓住一刻的手臂。

「慢著，一刻同學！」

「幹！這時候你是要我慢什麼？」一刻惱怒回嘴，但手臂上的五根指頭依舊緊抓著他。

「你仔細看陳筱圓的身上。」夏墨河嚴肅說道。

一刻雖不明白這話是什麼意思，可他還是勉強耐住性子，目光掃向白網下方的陳筱圓。

由於使用神力的關係，一刻的眼力比平時來得更加銳利，即使位處半空中，和下方的陳筱圓隔著一段距離，他仍能很快發現到異常之處。

「那是……」率先抽口氣的人是尤里，他睜圓了眼，像是難以相信自己雙眼所見。

在陳筱圓的小腿上，竟然稀疏地冒出一些細小如拇指的灰色枝芽！

渾然沒察覺到自己身上的異樣，也毫不在乎眾人的目光，獲得自由的陳筱圓得意地轉身，面對白網上的諸位神使，眼眸裡閃動惡毒，嘴唇也彎起了不懷好意的笑。

「不要以為你們人多，我就會怕你們。現在沒了花千穗礙事……」陳筱圓的話被乍然颳起的風遮掩。

那陣風吹動了散落一地的青白色花朵，眾花紛飛，正好飛落至那些失去意識的學生身上。

花沾人體的瞬間，異變陡生！

青白色花朵下突冒根莖，扎根在學生們身上，並且花中繼續開花。花中花朝四面八方蔓延盛綻，一眨眼工夫便已將地面覆蓋個密實，包圍在陳筱圓四周。

陳筱圓大吃一驚，趕緊拍動背後雙翅，想立刻脫離這危險之地。然而她的翅膀雖動，雙腳卻動不了，彷彿有股看不見的力量緊抱著她的雙腳不放。

驚疑之下，陳筱圓低頭觀看，甜美的臉蛋登時刷成慘白，恐懼躍入眼中。

「噫！不、不……」陳筱圓驚恐呻吟，雙腳不知在何時也長出了青白色的花。朵朵妖花與四周學生交互纏繞，困得她動彈不得。

陳筱圓不是沒想過使用蠻力將那些妖花全數扯爛，但根莖皆已深埋她體內，只要稍一使勁，就覺得彷彿連自身的血肉也要被撕離。

「救我！快救我！」別無他法下，陳筱圓心慌地朝一刻等人呼救，「尤里！救救——！」

陳筱圓的聲音中斷了，但這次不是因爲有其他異聲蓋過的關係。

短馬尾少女忽然靜止不動，頭仰高、雙目睜圓、嘴巴張得開開的，卻吐不出任何聲音。

下一剎那，她狀似痛苦地發出幾聲怪聲，緊接著駭人的光景出現了——

陳筱圓嘴裡突然冒出什麼。

花，青白色的妖麗花朵！

那些大大小小的青白妖花就像潰堤的洪水，爭先恐後地從她的嘴巴不斷冒出再冒出，一刻自認在幾次追捕瘴的過程中，早已見識過不少不可思議又駭人的景象，但此刻在眼前上演的畫面，依然讓他忍不住悚然得微白了臉。

當陳筱圓口中不再吐花，身邊卻已被妖花佔領，她瞪著一刻等人，僵硬地吐出兩個字。

「救……我……」

而就在是話聲驟然落下的同時，後方一年級大樓的三樓窗戶內竄出難以想像的大量青花和灰色根莖，那些聚集在一起的根莖和花朵就像一株更爲碩大驚人的妖花，它正兜頭朝著底下的陳筱圓罩下。

陳筱圓動彈不得，只能眼睜睜看著陰影越逼越近，此時巨大妖花中心裂出了一個黑洞。

「不要！不要！尤里你快救我！」她的臉蛋因恐懼而徹底扭曲，在發現尤里似乎是呆住了而未有反應，她的尖叫瞬間轉成淒厲怨毒的話語，如同一個最黑暗的詛咒。

「尤里你沒辦法救我，也沒辦法救得了千穗！那些照片已經在網路上傳遍，花千穗就算回復後也沒臉在這間學校、這座城市、任何一個地方立足！你根本就救不了她——」

在陣陣淒厲惡毒的尖叫聲中，巨大妖花終究完全籠罩了下來，轉瞬間陳筱圓的身影已消失在眾人眼前。

吞噬掉陳筱圓的妖花靜止在半空中，下一秒，那些花朵和根莖從中一片片剝落，不停掉落在青白花海間。青白色的花中花長出了嘴巴，伸出利齒，爭先恐後地將其吞吃得一乾二淨。

最後佇足在花海上的，是一名半花半人的詭異身影；而在那抹身影的左臂上，則是高高地提著另一抹人影。

赫然是前一刻遭到吞噬的陳筱圓！

和先前可怖的模樣不同，陳筱圓身上不再長有枝芽，也不再爬滿花，甚至連她背上的黑色蝠翼也消失不見。她閉著眼，像是沒了意識。

現在的她看起來，就只是一名普通人類。

「小千……」尤里怔怔地望著下方模樣妖異的少女，光是吐出這兩個字，就像費了他全身的力氣。

織女、蘇冉、夏墨河也都是第一次眞正見到被瘴寄生的花千穗。

「那位花姑娘怎麼會……」織女似乎難以相信。

一刻大概知道花千穗因何被瘴入侵，但他現在無暇告訴織女，因爲他看見花千穗將失去瘴的陳筱圓提得更高，而另一隻如同枯木的手則是瞄準了她的胸口。

「操！她是眞的想弄死陳筱圓！」一刻不敢遲疑，身形疾速掠出。

在夏墨河的結界內，遭到瘴破壞的物體都會因爲瘴的消滅而回復原狀，可是人命不同，人死了是無法復生的！

搶在花千穗的手臂刺穿陳筱圓身體前，一刻及時扯過她，他的臂彎挾著對方，落足在花海的間隙裡。然而只是一瞬間，他立刻再度感到危險。

白髮少年低頭一看，內心暗驚，圍在他腳邊的青白花朵也長出了利齒，張嘴就朝他咬來。

他不假思索直接跳起，卻驚見花千穗的紅眼已經鎖定他，形如枯木的一隻手臂迅急伸長，接著刺擊而來。

危急之際，一隻手掌自上抓握住一刻的手臂，奮力一拉，將他拉到白網上，讓花千穗的攻擊落空。

「謝了，蘇冉。」一刻把救回來的陳筱圓扔到一邊，她的瘴已被花千穗吞噬，現在只要確保她的安危就好，用不著再擔心她耍什麼手段。

仰頭望著白網上的一刻等人，花千穗卻沒有再立刻展開第二輪攻勢。沒有被花朵遮掩的半邊臉龐面無表情，單隻眼睛猩紅如血。

她靜靜地朝向一刻等人，遍地青白色妖花也全都轉向同一個方向，每朵花的中心都裂開一張長有利牙的嘴。

假使落入花海中，恐怕不用多久，就會被啃嚙得乾乾淨淨，連骨頭都不剩。

「這下眞的棘手了……」夏墨河秀麗的臉蛋上露出苦笑。

一刻瞥了他一眼，自然明白他說的「棘手」代表何意。

地面全被那些像是肉食性的妖花佔據，他們雖然擁有神之力，卻不可能一直飛在空中與對方戰鬥；而更棘手的是，那些花不是靜止不動的，它們還會增加高度！

心中才一閃過這個想法，一刻瞬間脫口爆出髒話，「幹幹幹！不會這麼帶衰吧！」

大量妖花毫無預警地暴長身形，它們的根莖迅速伸長再伸長，剎那間已逼近了白網。

面對阻隔般的白網，妖花竟是張嘴瘋狂咬嚙，眨眼間白網已破出幾個大洞。

「大家立刻散開！」夏墨河知道自己的蛛網撐不了多久，當機立斷地收回白線，碩大的一張網即刻消失得無影無蹤。

網上所有人全都在前一秒拔起身體，各自找著可供立足的地方而去。

幸虧思薇女中栽種了大量樹木，這些高聳粗壯的植物正好幫了大忙，成爲一刻等人的暫時落腳地。

所有人各自分散：一刻、夏墨河、尤里和織女，蘇冉離陳筱圓最近，所以現在是他抓著她。

「蘇冉，顧好那女的，花千穗的目標是她！」一刻厲聲喊道。不事先交代清楚，他怕蘇冉真的就將昏迷的陳筱圓隨手一扔，不管也不顧。

「部下一號，你還好吧？」織女注意到身邊男孩的呼吸急促，抓著自己的掌心還冒出了冷汗，稚氣的小臉上不禁浮現擔憂。

「織女大人……織女大人！」尤里猛然反抓住織女的雙手，聲音悲鳴近似祈求，「告訴我要怎麼做？我不像一刻大哥能用針，線也比不上墨河，最多就是圍個結界。可是、可是……無論如何我都想救小千！」

「部下一號……」那是織女第一次看見這名憨厚樂天的男孩流露出如此痛苦的神色。

尤里心急如焚得眼都紅了，他想幫花千穗，想幫她擺脫身上的瘴，然而現實卻又如此殘酷，他完全不知道自己能做什麼。

縱使他和宮一刻、夏墨河都擁有相同的武器——針線盒，可是不論針或線，似乎都只會對自己選擇的對象有所反應。

一刻是專司攻擊的針，夏墨河是攻防兼備的線，尤里卻不明白自己到底能用什麼，他將懊悔和無力艱澀地呑下，從懷中取出把剪刀，茫然地看著。

就連這柄小剪刀，他最多也只能修剪碎布加強結界的防禦。這樣的他，究竟要怎樣才救得了自己想救的人……

「一刻！」蘇冉的大吼驀然震回了尤里的神智。

在尤里的印象中，那名黑髮藍眼的少年向來安靜寡言，至今不曾見對方流露激動的情緒，現在卻……

他慌張抬頭，雙眸驚慄大睜，闖入視野中的竟是一刻即將遭到植物枝條穿體的可怕景象。

爲了再次和瘴交鋒，白髮少年不知何時從樹上掠下，提針急追花海中的妖異身影，卻沒想到對方像是早有所覺，地面上的花莖竄起，猝不及防地拽綁住他的手腳。

在一刻喪失行動能力的剎那間，花千穗一頭及地的綠髮起了異變。墨綠色髮絲化爲堅韌的枝條，宛若疾射之箭，狠厲地襲向一刻。

眼見眾多枝條就要刺穿一刻，蘇冉將陳筱圓扔在樹枝上，用最快的速度俯衝下去。

鮮紅的刀身赤艷如火，像是要一舉焚燒掉所有阻在眼前的礙事之物。

蘇冉的動作極快，他一刀勢如破竹地斬斷那些想要攻擊自己朋友的枝條，可是他卻忘了顧及自身的安危，等到驚覺第二波、第三波的攻擊臨近，已是來不及，不管是一刻還是蘇冉，兩人的身軀都被纏綁個結結實實，無法動彈半分。

一切不過是轉眼瞬間，誰都還沒能從這份異變中反應過來。

然而花千穗顯然不打算就這樣放過阻撓她的這兩人，她的瞳孔赤紅，枯木般的手臂瞬動。

「線之式之一，封纏！」

「一刻大哥、蘇冉！」

夏墨河和尤里皆無法多想，或者說他們只能反射性地依本能行動。

夏墨河指間白線祭出，如同獲得生命的白色絲線靈活穿梭，欺近花千穗的兩側，猛地纏繞收緊，逼得她的雙臂同樣不能再移動。

尤里從樹上跳了下去，就算沒辦法用針與線、就算比不上兩位同伴，他心中強烈的願望卻也不曾消退。

他想要救一刻大哥、蘇冉、小千，他想要救大家——

第十二針

剎那間，尤里的掌心無預警迸發光芒，那一直靜靜烙印其上的天藍色神紋轉眼竄出，具現化成同色的光紋。

無數細小的圖騰在尤里吃驚的雙眼前翻騰旋轉，飛快地組聚成奇異的螺旋體。

尤里沒注意到自己本來抓在另一手中的剪刀不見了，他心裡有個聲音催促他行動。他不假思索，五指往天藍色的螺旋體中心一抓——

一柄足有手臂長的鐵色剪刀被抽了出來。

「部下一號，快剪開一刻和阿冉身上的束縛！」織女高聲喊叫。

尤里沒有多想，他衝過那片長有利齒的花海，鐵色剪刀先是朝一刻身上的枝條揮劃過去，接著換蘇冉的方向。

可是，什麼變化也沒有。

一刻和蘇冉身上的墨綠枝條完全沒有斷裂散落。

尤里怔了、懵了、呆了，他手拿剪刀，忘記自己還處在危險的花海中。他感覺到頭頂有陰影靠近，茫然地抬起頭，望進一隻血紅色的眼睛。

花千穗低頭俯視自己面前的男孩，對方手中的剪刀令她下意識地有種排斥感，但是對方傳來的氣息卻又教人感到熟悉……

「尤……里……」花千穗唇瓣微啓，吐出怪異聲調，她的頭顱輕歪了一下，「餓不餓？」

「小千？」

「餓不餓？餓不餓？餓不餓？」花千穗變爲枝條的墨綠髮絲倏然一動，纏綁著一刻和蘇冉的部分便被舉起，竟是將兩人舉得高高，移至尤里眼前。

就在一刻感到自己的身體被高舉的同時，他亦驚察到身上的束縛居然開始鬆動，不再像之前那樣壓迫得讓人無法喘息，手臂似乎可以輕易抽動。

這是怎麼回事？錯愕之餘，一刻飛快瞥向蘇冉，在那雙淡淡的藍眼珠裡發現同樣的心思。毋需言語，這對青梅竹馬的默契讓他們明白彼此接下來的行動。

「尤里，餓不餓？餓不餓？」花千穗執拗於這個問題，不待尤里回答，她揮動髮絲，將一刻和蘇冉更加推向尤里，「吃，給你。吃——」

「吃妳老木！」凶暴的厲喝乍然響起，隨之而來的是白光和紅芒瞬間閃動。

一刻和蘇冉輕而易舉地斬開身上的束縛，迅速脫身飛出。

斷裂的墨綠枝條紛紛墜下，花千穗美麗的半邊面孔扭曲，彷若感受到極大的苦痛，她尖叫出聲。

所有妖花跟著放聲尖叫，淒厲而綿延不絕，如同永遠都不會止息。

蘇冉的臉刷成蒼白，支撐不住地跪了下來，他的「聽力」在這時反倒害了他自己。

一刻大駭，急著衝近好友身旁，無奈那陣音浪就像一種無形的武器，震得他動彈不得。

夏墨河所處的位置稍遠，卻依然被那陣尖嘯震得心神紊亂，五臟六腑像是在體內翻攪。但即使如此，他仍死命堅持著咬破嘴唇，不管口腔滲入了血腥味，他在尖叫聲中極力朝尤里呼喊。

「尤里！」

尤里沒有聽見，他抱頭蹲在地上，圓胖的身體像要抗拒音浪般蜷縮成球狀。

夏墨河不死心，想再扯開喉嚨大叫，但聲音才剛出口馬上就被淒厲的尖嘯蓋住。

夏墨河心急如焚，他方才已領悟到尤里的攻擊爲何沒有效果——

不是沒效果，而是那份攻擊並不直接顯現出來，是藉由一刻和蘇冉兩人間接發揮了作用。

爲什麼一刻他們能夠突然突破束縛——因爲那些枝條的防禦力減弱了。

尤里的攻擊能削減對方的防禦力！

假使能正面攻擊花千穗，那麼所有的一切……

「把你的計畫說出來，部下二號，妾身幫你傳話。」

驀然間，夏墨河的腦海裡憑空浮現這稚嫩的嗓音。他一驚，反射地轉往織女的方向看去。眞正身分是仙人的小女孩雙手摀著耳，一發覺他的視線便朝他點點頭，表示這並非錯覺。

「但是，織女大人，這樣會耗損妳的力量……」夏墨河的喃喃淹沒在尖嘯中，可是對織女似乎不構成阻礙，只見她頓時橫眉豎眼，下一秒稚嫩的童聲在夏墨河的腦海內強硬響起。

「妾身叫你說就說！是男人就不要再給妾身拖拉下去，就算是女人也不行！」

如果不是時間不適，當下夏墨河眞的想苦笑了。不過這時他只是強壓下對織女的擔心，快速說出自己的計畫。

織女確實地傳話了，因爲就在下一瞬間，夏墨河看見尤里抬起頭，眼裡充滿決心。

尤里知道計畫了。

夏墨河深吸一口氣，他放下摀耳的雙手，黑眸中閃現凌厲。

「線之式之七，百雨！」即使那道清亮的中性聲音遭到層疊的尖嘯覆蓋，仍是阻止不了它發揮力量。

纏繞在花千穗身上的白線驟然全數抽離，它們退得飛快，一下就拔高至空中，然後在短得令人無法反應的瞬間又從天疾降，如同一場最猛烈的傾盆大雨。

應當柔軟的白線化成堅硬，避開下方的一刻、蘇冉、尤里三人爭先恐後地往地面上一朵又一朵的妖花刺下。

白線貫穿了青白妖花的嘴，封住它們的尖叫，也有一些白線落在花千穗身上，卻刺不進她的軀體。

在這場令人猝不及防的奇襲中，尤里抓起他銳利修長的鐵色剪刀，毫不猶豫也由不得他再猶豫地朝前突刺，刀身隨著握柄張開，流暢無比地從花千穗的頭頂割劃至腳底。

花千穗像是被尤里的動作震懾住，赤紅的眼一瞬也不瞬地注視著他，嘴唇微顫，彷彿要傾吐出些什麼。

下一瞬間，花千穗的身影前彷彿有什麼驀然碎裂，無數細碎的碎片一塊塊剝離，在觸及地表的剎那又消失不見。

站在尤里面前的，依舊是半人半妖的花千穗。

墨綠色髮的少女終於從唇瓣中吐出聲音，那是斷續的兩個字——

「尤……里……」

赤紅的眼瞳淌下紅淚，劃過雪白的臉蛋。

當紅淚滴墜而下，原先無風的現場竟狂風乍起，強勁的旋風捲起漫天青白花瓣。

面對這乍起的強風，尤里咬緊牙根，不讓自己被風吹退。他抽起剪破花千穗防禦的剪刀，刀身闔起，用盡力氣地大聲喊叫，「一刻大哥，拜託你了！」

一刻強忍著音浪帶來的暈眩，一腳勾起白針，於其自空中墜落之際，單腳再次踢擊出去。

白針如同離弦飛出的箭，直直鑽向花千穗的胸口，再由她的後背穿破而出，可以看見鋒銳的針尖上挑著一截蠕動不已的黑線。

白針連著黑線刺進了前方的樹幹內，那截宛若蟲子的黑線抽搐了一、兩下，接著便化作一縷黑煙，消失得無影無蹤。

當黑線消逝，花千穗半邊身體上的花朵也一瓣瓣飄落，墨綠髮絲回復烏黑，長度收短，手腳也變回如同往昔般潔白修長，而紅如血玉的瞳眸重新聚回漆黑，瞬間閉上。

隨著眼眸閉起，花千穗的身體也跟著一軟，往空無一物的地面倒去。

「小千！」尤里趕緊伸出手，但他沒注意到自己因爲施展了力量，體力已消耗大半，才剛接住花千穗，便因爲無力支撐，而一塊倒向地面，不過總算來得及用手臂護住對方的頭部。

尤里癱倒在地，氣喘吁吁，掉落在一旁的鐵色剪刀化成光束，鑽回他的左手掌心內。

「做得太好了，部下一號！」織女落足在尤里身前，嫩白的小臉上全是掩不住的欣喜和誇讚，「不愧是妾身當初挑選的第一名部下！」

「眞的做得很棒，尤里。」夏墨河抱著被扔置在樹上的陳筱圓飛下，他眞摯地讚美著自己的同伴。

一刻扶著蘇冉也走了過來，他沒有對尤里說什麼，只是踢了他一腳，再對他點點頭。

「一刻在說你做得很好。」蘇冉說，不在乎自己被一刻橫了一眼。

尤里摸摸頭，臉上又露出一如往常的傻氣微笑。

可是很快地，他收起了笑容，輕輕將花千穗放在地面，接著雙手撐地，朝織女彎下腰，深深地低下他的頭顱。

「織女大人，我想先向妳提出我的願望！」

「喂，尤里。」一刻不禁皺起眉，「你該不會眞的相信這小鬼能……」

「一刻你這沒禮貌的傢伙，難不成你一直不相信妾身最開始說的嗎？只要成爲妾身的部下，妾身就會完成你們一個願望，這可不是開玩笑。」織女惱怒地瞪了一刻一眼，小臉滿是不平，「妾身可是堂堂的織女大人，給予的承諾絕對貨眞價實！」

一刻摸摸鼻子。老實說，他到現在還眞的以爲那只是織女誘拐人的玩笑話。

不理會自己的部下三號，織女將目光轉向尤里，眉宇蹙起，「尤里，妾身只能實現你一個願望，用了就沒了。就算這樣，你之後還是得爲妾身賣命，打擊人世間的妖怪。」

織女停頓了一下，靜靜望著尤里，眼神凜凜，不容退縮。

「回答妾身，尤里。無論往後你遭遇任何事，都不得再向妾身索討願望。即使如此，你依然決定要在現在使用你僅有的願望嗎？」

「我很確定，織女大人。」尤里一字一字地說，語調堅定有力，「我希望今天發生的那些傷害小千的事不存在，那些照片永遠消失。」

胖乎乎的男孩又一次咧開傻氣而眞摯的笑。

「這就是我的願望，織女大人。」

花千穗在作夢，她的夢裡有許多畫面閃現。

她看見自己被關在廁所內的隔間、被潑水、被拖出去、被撕扯上衣，雙手雙腳被反綁，然後被重重地推至人聲鼎沸的走廊上

她看見綁著馬尾的甜美少女高拿手機，似乎在得意地說著什麼。

她不知道對方究竟在說什麼——全部的血紅色畫面瞬間扭曲轉動，像一陣大浪朝自己撲湧而來。

花千穗下意識地閉起眼，她感覺到溫熱的液體淹過全身，鼻腔充斥著強烈的腥味，她就要溺斃在裡面了。

猛地一陣嗆咳，她發現自己竟能再度睜開眼睛。她知道這只是夢，因爲她望見兩名稚幼的身影從眼前手牽手跑過。

眉清目秀的小男孩，以及年幼模樣的自己。

髮絲烏黑、肌膚雪白的小女孩正巧偏過頭的刹那，花千穗感覺到自己的意識全被吸了過去，融入那具嬌小的身軀裡，她和幼時的「自己」融爲一體。

「小千、小千，我們要跑到哪裡去？」被拉著跑的小男孩氣喘吁吁地問，「怎麼辦？我打破杯子，管家阿姨會很生氣的。」

花千穗白了臉，她永遠不會忘記這一幕。她想說些什麼，想制止接下去發生的事，可是她終究什麼也做不到。她沒辦法阻止過去的自己，她聽見「自己」發出了聲音：

「我把你藏起來，麗姨找不到你就不會罵了。我知道哪裡不會被找到，尤里你不要怕。」

不行不行，不能把尤里藏起來，會發生那件事的！

困在幼時體內的花千穗想尖叫，卻只能看著年幼的尤里露出信任的笑，任由自己牽著他在偌大的宅子裡跑來跑去，最後他們來到樓梯下。

呈三角形狀的空間裡，地板上有一扇可以通往地下室的門板。

即使花千穗極力抗拒，那隻不受控制的細白小手仍往那扇門探了出去。自己和年幼的尤里合力扳開門，溜下通往儲藏室的樓梯。

當時的他們並不知道，那扇門一旦關起，便不易從內打開——家中大人凡進到地下室，都會將門勾住立起，不讓它關上。

可是，一心想躲避大人的他們卻將門關起來了。

花千穗呼吸急促，她記得接下來令她打從心底感到恐懼的一切細節，她不想再親眼目睹那件事，她不想再重新面對那場惡夢。

然而眼前的畫面卻不再跳躍，她只能被迫困在年幼的自己體內，再一次經歷一遍——

黑暗隨著上方門板的關閉而降臨，厚實的牆壁隔絕了外界的聲音。

地下室裡被寂靜籠罩，時間在兩名孩童的屏氣等待中一分一秒地流逝。

直到她聽見小男孩的肚子發出飢餓的咕嚕聲，於是她拉著他站起，決定放棄躲藏，一起爬上樓梯。

可是他們卻打不開地下室的門板，卡住的門板怎樣也推不動，就算用力敲打或是高聲喊叫，無人經過的地下室外依舊是毫無動靜。

不安和緊張襲上兩名孩童的內心，在經過一番自救行動後，他們只能筋疲力竭地彼此依偎而坐。

誰也不知道時間過了多久，唯一感受到的只有越來越加重的飢餓感。

這時，在黑暗中忽然傳來窸窣的聲音，她感覺到自己的手掌被塞進了什麼。

「尤里？」

「小千，我在口袋裡找到餅乾。這給妳，不夠的話我還有一些喔。」

從未嘗過的飢餓感讓她無法多想，她不假思索地吃下餅乾，眞的相信小男孩的說詞，將對方陸續遞來的點心狼吞虎嚥地全吞下肚。

飢餓感因此驅散了不少，她稍微安心地握著小男孩的手，靠著對方的肩膀，倦意讓她閉上眼，睡了過去。

直到她再次睜開眼，她發現身旁的小男孩虛弱得無法回應她的話，她才後知後覺地反應過來……對方把所有點心全給她一個人吃了！

「尤里？尤里？」

「尤里你別嚇我！」

「尤里！」

恐懼滲入她的心裡，她不敢相信自己怎能那麼愚蠢，怎麼沒想過反問對方吃了沒。她在黑暗裡放聲哭叫，祈求著誰來幫幫他們。

無論是誰都好，拜託救救尤里！

就像是聽見她內心的吶喊，從裡邊推不動的門板猛然從外掀開了，大量光線和人聲湧入。

「找到了！找到了！」

「小姐和尤里他們在這！」

「快去通知外面的人！要他們不用找了，小姐他們被困在地下室！」

熟悉的聲音令她熱淚盈眶，她抹抹眼淚，欣喜地想告訴小男孩，然而自外照入的燈光卻映出一張蒼白虛弱的臉孔——

她尖叫出聲，花千穗和幼時的自己一起尖叫出聲。

「尤里！」

花千穗反射性地睜開雙眼，闖入眼中的光亮令她下意識再度閉起雙眼，接著再慢慢睜開。

映入眼中的是大片藍天，還有尤里寫滿歡欣的圓胖臉龐。

是長大了的尤里，不是記憶深處蒼白虛弱的小男孩。

花千穗伸出手，想要確認眼前是不是幻覺。

「小千！」尤里立刻握住花千穗的手，對方的清醒令他激動得眼眶一熱。

傳遞到掌心的體溫令花千穗感到踏實，她慢慢移動視線，發現尤里的身邊還圍站著數抹身影，其中三人正是利英來的交換學生。

還有一人是陌生的小女孩，細眉大眼，穿著滾邊小洋裝，模樣煞是可愛。

但是……是誰？

花千穗想要搜尋記憶，卻發現腦海裡不少事物模模糊糊的，彷彿有層薄霧遮著，她甚至想不起來自己發生了什麼事。

「尤里，我……怎麼了？」異常的疲倦讓她無力思考，只能下意識地提出最先浮上的問題。

「小千妳昏倒了，嚇死我了……」尤里吸吸鼻子，「以後妳不能只注意我餓不餓，妳自己的身體也要留心才可以。」

說到這裡，尤里的語氣忽然罕見地強硬起來，「不對，是一定要留心才可以！我、我也會擔心的！」

花千穗眨眨眼，她不知道為什麼感到那麼疲倦，可是尤里說的話卻又讓她心裡暖洋洋的，於是她的唇角細微地浮上了笑。

「好了，部下一號，這位姑娘不會有問題的，妾身可以掛保證，現在換妾身說話了。」稚氣又傲氣十足的小女孩嗓音，讓花千穗在眼皮即將闔上之前又忍不住睜開眼。

她看見那名用著奇特自稱詞的陌生小女孩直勾勾地盯著她，然後說：

「哎哎，花姑娘妳的廚藝那麼好，又是部下一號的女朋友，妳要不要成為妾身的後勤隊員？專門補給……」

「拜託妳閉上嘴巴！」小女孩的長篇大論說不到一半，就被一隻大掌強橫地摀住，白髮少年一臉凶神惡煞的表情，「妳是嫌事情不夠多嗎？閉上嘴巴，他媽的不要再拉客了，織女。」

這番話明顯惹怒了小女孩，只見她頓時瞪大杏眼，哼哼唧唧地拚命掙扎起來，像是想指著一刻訓斥。

織女？是神話故事的織女嗎？花千穗恍惚地想，她真的太累了，意識正逐漸模糊，隱約間還可以捕捉到一些斷斷續續的對話。

「尤里，我們先離開這裡吧，其他人似乎也快醒過來了。」

「你抱得動花千穗嗎？要不要我和蘇冉……幹！織女妳居然咬我？」

「一刻你是笨蛋耶，怎麼可以說得一副女孩子好像很重的樣子，太失禮了。」

「沒關係啦，一刻大哥，小千我可以自己抱。織女大人，我們快走吧。」

其他人？織女大人？花千穗感到自己被抱起，在雙眼眞正闔上之前，她看見了男孩傻氣中又透著認眞的側臉。

那是尤里。

再也不是當年因爲她的粗心，而陷入昏迷的蒼白小男孩。

花千穗閉上眼，任自己的意識沉浸在這片安心之中。

如果她醒來還記得，也許她可以問問尤里那些她一直想知道卻沒問的事。

而現在，她只想好好休息一下。

尾　聲

「一刻大哥！」

突來的一聲熱情叫喚，令正要走出校門口的白髮少年和兩位好友轉過頭。

一刻吃驚地睜大眼，瞪著興奮地朝他跑來的小胖子。

憨厚的笑容和圓胖的臉龐，來人竟是尤里，而落後尤里一、兩步的，是髮絲烏黑、肌膚雪白的美麗少女。後者發現到一刻的目光，對他有禮地點了下頭。

一刻當然還記得那是花千穗。但不管是尤里或花千穗，爲什麼他們會出現在利英高中？

由於潛伏在思薇女中裡的瘴已經解決，爲了避免再節外生枝，一刻等人的交換學生生活便提早結束，直接回到自己原來的學校。

而這已是三天前的事了。

「一刻大哥、蘇冉！」尤里跑至一刻面前，發現蘇冉身邊和他擁有相似面貌的少女時，忍不住瞪圓了眼睛，「哇！眞的好像……」

「蘇染，蘇冉的雙胞胎姊姊。」一刻簡潔地做了介紹，不等尤里再發問，他深吸一口氣，覺得現在感到最困惑的人應該是自己才對。

尤里和花千穗出現在利英也就算了，爲什麼……

「爲什麼你們身上穿的還是我們學校的制服!?」

沒錯，尤里穿的白襯衫加蒼藍長褲，以及花千穗穿的黑上衣配紅格紋裙，都是利英高中的制服呀。

「咦？一刻大哥你不知道嗎？」尤里無比訝異地問，「我和小千……」

「尤里和花千穗同學已經轉來我們學校了，一刻同學。」

另一道笑意盈盈的嗓音響起，今日穿著女生制服的夏墨河從另一側出現。

一刻呆住，「轉來？」

「也就是說我們變成同學了喔，一刻大哥。」尤里笑嘻嘻地說。

「同學？等等，這是什麼時候……靠，爲什麼老子啥都不知道？」一刻覺得一團混亂，他頭痛地撫著額角。

「因爲你今天從第一節又昏睡到第八節了，一刻。」蘇染淡淡地開口，手中拿著不知何時出現的黑色小冊子，「十三班有轉學生的消息幾乎一年級都知道了，連二、三年級都有人跑去偷看。」

「咦？原來我們這麼受到矚目嗎？哈哈哈，眞不好意思。」尤里害羞地撓撓頭。

「想也知道人家是看花千穗。」一刻不客氣地吐槽。

既來自思薇女中，加上外貌又無懈可擊，可以想像花千穗的到來會在利英引起多大騷動。

「啊哈哈，那表示小千很受歡迎嘛。」尤里不以爲意，反倒像是替花千穗感到驕傲。

「尤里。」話題中的主角正巧結束手機的通話，朝著他們一群人走來，「葛蘿約我逛街，我今天就不和你一起回去了，到家時我再打電話給你。今天的點心我準備了起司蛋糕和乳酪派，你喜歡哪一種？」

「起司蛋糕！」尤里開心得眼睛都瞇了起來，「小千，妳和葛蘿好好逛吧。」

看著尤里向花千穗揮手道別，趁他不注意時，一刻迅速地抓住夏墨河，將他往旁邊一拽。

「葛蘿？喂喂，思薇的那個葛蘿嗎？」一刻壓低聲音，「她不是和花千穗不對盤？怎麼兩個反而湊在一起了？」

「似乎在『那件事』之前，她們倆曾發生過什麼，結果感情反倒轉好。」夏墨河微笑，將之前種種以「那件事」輕描淡寫地帶過。

他們都知道「那件事」指的是什麼。

——花千穗遇到曾以爲是最要好朋友的傷害，絕望和憤怒讓她召來了瘴，受到瘴的入侵。即使已經憑藉著織女的力量將那件事的存在抹煞，除了他們也無人再記得，但一刻等人就像是有著共同的默契，盡量不去碰觸。

「女人的友情還眞奇妙……」一刻喃喃地說，接著又想起他們之前甚至將葛蘿鎖定爲懷疑對象，「葛蘿那時候怎麼就剛好沒戴眼鏡？弄得我差點以爲她就是瘴的宿主。」

「這個嘛，因爲她要拿眼鏡時，不小心將它揮到地上，不過她又不敢戴隱形眼鏡。」夏墨河笑著說道：「所以她其實不是在瞪你呢，一刻同學。」

「啥？」

「她只是看不清楚，所以才拚命盯著你。附帶一提，她對染髮很有興趣，一直想知道你的頭髮是怎麼染得那麼漂亮。」

「……等等，你不覺得你清楚得太過分了嗎？」

「因爲我和葛蘿同學交換了電話，向她請教一些護髮和髮型上的問題。」

一刻瞪著外型活脫脫是個美少女、但實際上是個男兒身的同伴，只覺得啞口無言。

「那轉學又是怎麼回事？」一刻決定換個話題，「沒人記得那件事了，他們……蘇染，不要在那邊寫妳的筆記本，妳是在記錄什麼鬼啦！」

「我只是在更新我的資料，請別在意我，一刻你可以繼續。」蘇染推了下鏡架，語氣平靜地說。

一刻朝天翻了個白眼。

「確實沒人記得那件事了。但是花千穗同學『潛意識中』似乎仍有所印象；況且，陳筱圓也還在那。」夏墨河說。

一刻聞言默然。

始作俑者陳筱圓還在那所學校，就算她失去瘴的力量，就算她忘記自己做過的事，但沒人敢保證之後是不是還會再發生。

「一刻大哥，你們在說什麼嗎？」和花千穗道了別，尤里跑回來，好奇地望向明顯在談論事情的一刻等人。

「也沒什麼。」一刻毫不猶豫地中斷原本的話題，他想到方才聽見的，「尤里，花千穗還在拚命塞吃的給你？她不怕把你撐死嗎？」

「不會啦，我自己也很愛吃嘛。」尤里傻乎乎地笑著，「而且小千現在做得也比較少了，一天才一次。」

確實是比之前少了許多。一刻不明白尤里和花千穗以前曾發生過什麼事，不過先前花千穗不停地準備食物、像是怕他餓死的行為，已經有點接近病態。

「對了，尤里。」這次提出問題的人是夏墨河，「我正好有事想問你。當初我們和一刻同學見面的時候，你提過『之前』……你們之前曾接觸過？」

聽夏墨河這麼一問，一刻自己也才想到，當時的確有這段插曲。他那時候對尤里毫無印象，但他也不敢保證兩人在更早之前是否曾見過──他的認人技能一點也稱不上良好。

一聽到談論到一刻，蘇染從黑色小冊子中抬起頭，戴著耳機聽音樂的蘇冉也投來了視線。所有人的目光都落尤里身上。

受到注視的尤里搔搔頭髮，「大概是國一時的事，一刻大哥你應該不記得了。啊，那時候你還不是白髮，是黑髮呢。總之，我在路上碰到有人打架，差點也被捲進去，救我的人就是一刻大哥！」

面對眼中閃起星星光芒的尤里，一刻努力不讓自己的表情看起來太過呆滯，但暗地裡則是朝蘇氏姊弟發出求救訊號——靠么，有這回事嗎？

蘇染俐落地闔起小冊子，「國一，剛開學三個月，一刻你在校外被三年級學長找碴，有其他學生碰巧經過，那些學長拿他開刀。一刻你直接將那幾人揍暈，順便把那名倒楣的學生踢出去。如果是這件事，那麼確實發生過。」

一刻張著嘴。他知道有問題問蘇染就對了，但這未免也記得太清楚了……

我靠，蘇染還是人嗎？

「我是人類，放心好了，沒有長尾巴也沒有長翅膀。」蘇染似乎看穿一刻的疑惑，雲淡風輕地說道，隨即將視線掃向尤里，「但是我對你的臉沒印象，我和蘇冉那時也在場。」

「可能是我那時候還沒那麼胖吧？」尤里拍拍自己的圓肚子，對自己的體型毫不在意，緊接著他擊了下手掌，「啊，我好像有那時的照片，不過也沒有差很多啦。」

尤里掏出皮夾，從裡面翻找出一張照片，那是他和花千穗的合照。

當年的花千穗稚氣未脫，卻已顯露出驚人的美麗，而尤里……

一刻費了好大的力氣才不讓嘴巴大開。他瞄了下夏墨河，發現對方也是面露震驚，如同看見什麼驚人之物。

不，的確夠讓人震驚了。

什麼叫沒差很多？根本就是天差地別吧！

當年的尤里居然苗條又清秀，就算稱作「可愛」也不爲過！

一刻都想抹把臉了。花千穗……這些年妳是怎麼把尤里餵成這樣的？

「一刻大哥？墨河？」尤里發現兩名友人似乎陷入呆愣，「應該認得出來是我吧？蘇染和蘇冉他們看起來就完全不吃驚呢。」

因爲他們即使吃驚，一般人也看不出來。一刻無力地將這話嚥下去，將照片還給尤里，提著書包，往校門口走去。

沒想到一走出校門，圍牆邊就撲來一抹玲瓏身影，用力撞進他的懷中。

這無預警的一撞，令一刻瞬間扭曲了臉，滿肚子的髒話差點飆出口，如果不是他看清撞入自己懷裡的人影是誰的話。

「太慢了，一刻！」織女和一刻拉開距離，雙手扠腰，下巴抬高，精緻的小臉全是不滿，「你讓妾身等太久了哪。」

「見鬼，我有叫妳等我嗎？不對，妳爲啥又跑來這裡？」一刻挑高眉毛，目光凶惡地反瞪回去。

「那還用說嗎？接哥哥放學是妹妹的責任。」織女趾高氣揚地說道。

「咦咦咦？織女大人變成一刻大哥的妹妹了？真的嗎？」尤里驚詫地問。

「廢話，當然是假的！操，織女妳那話是整個說反了吧？」一刻不耐煩地各回了尤里和織女，旋即他瞥見織女別過小臉，鼓起腮幫子，像是在氣惱他的話，但眼裡卻隱隱有絲落寞。

一刻的心軟了，他沒有點破什麼，只是大力地揉了下織女的頭髮，「回去了，順便去買今天的點心，莉奈姊吵著想吃布丁。」

「布丁！妾身要吃桶裝的那種！」織女的雙眼亮了起來，上一瞬間的落寞宛若曇花一現，她開心地跟在一刻身後，像條黏人的小尾巴。

一刻沒有再抱怨她，他仰高頭，無雲的天空亮得令他皺起眉頭。

已經第五天了，回去天界的喜鵲至今還未帶信歸返。

織女仍未等到牛郎的信。

《織女・妖花絢爛》完

後　記

又是後記時間，這裡是最近一直努力和時間賽跑，結果還是有點跑輸的某琉。

織女終於來到第二集了！背景也從利英高中移到思薇女中，能夠寫滿滿的女生制服實在讓人很開心，我愛鐵壁裙，我愛絕對領域！（揍）

當初收到夜風大畫好的花千穗後，心裡只有一個感想：

尤里……你這個人生的贏家！穿上制服的大小姐真的美呆了啊！

這次將本集的篇名取爲〈妖花絢爛〉，顧名思議就是跟很多花有關（誤）。其實是有次在騎車的時候偶然看見了某種花，花中花的形象頓時勾動了靈感，才造就整篇故事的出現。至於靈感來源究竟是什麼花？有興趣的人可以猜猜看喔XD！

老實說，在寫第二集的時候一樣碰到了重重問題，繼續感謝辛苦的編輯，還幫我抓了許多BUG出來（掩面）。

最後在這邊先偷偷預告一下，下一集將會是夏墨河的故事，我們第三集再見了！

醉琉璃

【下集預告】

織女 vol.3

新神使、新鄰居，麻煩不斷的生活……

在某座觀光小鎮裡，一刻等人遇到了一對神使兄妹。這對兄妹的力量是小鎮的守護神所賜予的，但守護神卻希望有人能阻止這對兄妹，偏離正道……
一刻隔壁搬來了新鄰居，而他，似乎有著危險的祕密，一個與夏墨河過去有關的祕密……

精彩萬分的第三集．即將推出

陰陽侍系列（全五冊）

卷1．萬劫不歸路

卷2．妖魔試煉者

卷3．冥王的紙牌

卷4．那嶼

卷5．亡靈的反擊

魚璣　著

陰陽侍──使用陰陽術的侍者，於日據時代傳入台灣，傳承至今。現在，由T大陰陽系專門培養陰陽侍幼苗，只有擁有特殊資質的人才找得到個神祕的科系，同時獲得成爲陰陽侍的機會。

擁有特殊能力與個性的陰陽侍們將面臨各式各樣的神祕事件與來自妖魔代言人D的挑戰，他們如何一一化險爲夷，維持陰陽兩界的和平？屬於陰陽侍們的都會奇幻冒險！

最新校園傳說、令人戰慄又懷念的校園鬼故事！

見鬼，就是我們社團的宗旨！
還記得學生時代校園裡百般的驚悚鬼故事嗎？
故事的開頭總是「聽說」而不是「我看到」。因爲沒有人眞正看到過，所以更有無限的想像空間……

當教室是通往異界的入口、廁所鏡子是勾人心魄的凶器、自然現象中加上了絕對無法想像的「東西」後，你還確定世界是安全的嗎？
誰知道這些故事（事實？）何時會消失，何時會再度甦醒？

見鬼社

路邊攤　著

淡淡心動滋味，無厘頭搞笑風格，夏日清爽開胃讀物！

炎炎夏日某一天，故事就從女孩向男孩搭訕的第一句話開始──
「你好！我是外星人，可以跟你做朋友嗎？」
這天外飛來的清靈美少女頭腦似乎……有點怪？
女孩無厘頭的個性，讓男孩平靜的校園生活瞬時風雲變色。不過，所有事件的背後都藏了無數巨大的祕密，讓人意外的眞相說明了她的「超能力」，也解釋男孩腦中的異樣感。
那天，在櫻花樹下許下的願望是……

外星少女
要得諾貝爾和平獎

明日葉　著

國家圖書館出版品預行編目資料

織女.卷二，妖花絢爛／醉琉璃 著.
——初版. ——台北市：魔豆文化，2011.7
面； 公分.
ISBN 978-986-87140-1-4（平裝）

857.7 100008442

fresh FS011

織女 vo1.2 妖花絢爛

作者／醉琉璃
插畫／夜風 封面設計／克里斯
出版社／魔豆文化有限公司
地址◎ 台北市103赤峰街41巷7號1樓
電話◎（02）25585438 傳眞◎（02）25585439
部落格◎ gaeabooks.pixnet.net/blog
臉書◎ www.facebook.com/Gaeabooks
電子信箱◎ gaea@gaeabooks.com.tw
投稿信箱◎ editor@gaeabooks.com.tw
郵撥帳號◎ 19769541 戶名：蓋亞文化有限公司
發行／蓋亞文化有限公司
法律顧問／宇達經貿法律事務所
總經銷／聯合發行股份有限公司
地址◎ 新北市新店區寶橋路二三五巷六弄六號二樓
電話◎（02）29178022 傳眞◎（02）29156275
港澳地區／一代匯集
地址◎ 九龍旺角塘尾道64號龍駒企業大廈10樓B&D室
電話◎（852）2783-8102 傳眞◎（852）2396-0050
初版五刷／2016年5月
定價／新台幣 199 元
Printed in Taiwan

ISBN／978-986-87140-1-4

FS011

織女

vol.2 妖花絢爛

魔豆文化　讀者迴響

感謝您在茫茫書海中選擇了魔豆，您的支持是我們最大的動力。
不要缺席喔，讓我們一起乘著夢想的羽翼，穿越時空遨遊天地！

姓名：	性別：□男□女	出生日期：　年　月　日	
聯絡電話：	手機：		
學歷：□小學□國中□高中□大學□研究所	職業：		
E-mail：		（請正確塡寫）	
通訊地址：□□□			
本書購自：　縣市　書店			
何處得知本書消息：□逛書店□親友推薦□DM廣告□網路□雜誌報導			
是否購買過魔豆其他書籍：□是，書名：		□否，首次購買	
購買本書的動機是：□封面很吸引人□書名取得很讚□喜歡作者□價格便宜□其他			
是否參加過魔豆所舉辦的活動：□有，參加過　場　□無，因爲			
喜歡出版社製作什麼樣的贈品：□書卡□文具用品□衣服□作者簽名□海報□無所謂□其他：			
您對本書的意見：◎內容／□滿意□尚可□待改進　◎編輯／□滿意□尚可□待改進　◎封面設計／□滿意□尚可□待改進　◎定價／□滿意□尚可□待改進			
推薦好友，讓他們一起分享出版訊息，享有購書優惠　1.姓名：　e-mail：　2.姓名：　e-mail：			
其他建議：			

廣告回信 郵資免付
台北郵局登記證
台北廣字第675號

魔豆文化有限公司　收

103 台北市赤峰街41巷7號1樓

魔豆

魔豆